NOUVEAU

CHAQUE MOIS
DANS LA SÉRIE HARMONIE
DE NOUVELLES RUBRIQUES
ASTROLOGIE.

DÉCOUVREZ L'INFLUENCE
DES ASCENDANTS ASTRAUX
SUR VOTRE PERSONNALITÉ.

Série Harmonie

ANNE STUART

Le maître des marionnettes

Duo

Les livres que votre cœur attend

Titre original : *Hand in Glove* (INT. 59)

Traduction française

48, avenue Victor-Hugo, 75116 Paris

Prologue

— Judith?

La voix était faible et tremblante.

— Lacey, il est trois heures du matin!

— Je sais, Judith mais...

Elle étouffa un sanglot.

— J'ai peur. Aide-moi, je t'en prie...

Cette fois, Judith ne dissimula pas son impatience.

— Lacey, je ne suis pas d'humeur à écouter tes histoires. Peu m'importe quel amant fougueux est Ryan Smith au lit ou que sa femme lui ait fait une scène. Je...

— Tu te trompes.

— Crois-tu?

— D'abord, il n'est pas marié et ensuite, c'est un piètre amant.

— Dans ce cas, où est le problème?

— Je...je crois qu'il veut me tuer.

Judith s'obligea à compter lentement jusqu'à dix.

— Je sais ce que tu vas me répondre mais pour une fois, je n'exagère pas. Quelqu'un me suit, jour et nuit...

— Rentre à Manhattan! suggéra-t-elle. Si Ryan Smith n'est pas ton genre, qu'as-tu à perdre?

— Mon travail!

— Alors qu'attends-tu de moi?

— Rien...

— Tu ne m'as jamais appelée sans raison. D'accord, Ryan Smith veut te tuer.

Mais qui pourrait l'en blâmer? songea-t-elle intérieurement.

— Qu'attends-tu de moi? répéta-t-elle d'un ton radouci.

— Tu as des relations au journal. Pourrais-tu l'interviewer et...

— Lacey, je n'ai pas besoin d'aller jusqu'à Hudson River Valley pour savoir que tu te laisses emporter par ton imagination. Une journaliste spécialisée dans le bricolage n'a aucune chance de rencontrer l'un des plus célèbres marionnettistes du monde. Je suis désolée mais c'est non. Suis mon conseil et rappelle-moi demain...avant minuit de préférence.

— Judith...

Elle reposa doucement le combiné et se glissa au fond de son lit avec un soupir de satisfaction. Lacey ne changerait pas. L'idée qu'elle était persécutée ne la quitterait jamais et au fil des ans, Judith avait appris à ne plus s'apitoyer sur le sort de son amie.

Lacey ne rappela jamais. Douze heures plus tard, on trouva son corps échoué sur les rives de l'Hudson, au pied de la Fabrique de marionnettes de Ryan Smith.

Chapitre 1

Il faisait chaud pour une mi-mai. Judith Daniels baissa la vitre de sa Mercedes modèle 1957 et appuya inconsciemment sur l'accélérateur.

La vallée de l'Hudson chatoyait de mille couleurs sous la caresse du soleil. Cinq miles encore jusqu'à la petite ville de Miller's Junction, songea Judith. Cinq miles jusqu'au vieux moulin qui abritait la Fabrique de marionnettes.

A la vitesse où elle roulait, il ne lui fallait guère plus de six minutes pour arriver à destination. C'était le temps qu'il lui restait pour changer d'avis. Sa brusque décision était-elle guidée par la culpabilité ou par une curiosité morbide ?

Au cours des derniers mois, ses relations avec Lacey s'étaient limitées à des conversations téléphoniques au cours desquelles son amie lui contait invariablement ses déboires sentimentaux. Mais en y réfléchissant, Lacey était la première à blâmer. Elle aimait jeter son dévolu sur des hommes inaccessibles et rien n'aurait pu l'arrêter dans ses dangereuses entreprises. Les mariages qu'elle avait brisés ne se comptaient plus. Tôt ou tard, elle risquait de se heurter à plus fort qu'elle et tout portait à croire que ce jour était arrivé.

Sa dernière conquête avait été Ryan Smith, le brillant marionnettiste. A force de subterfuges, elle s'était introduite dans sa Fabrique et finalement dans son lit mais une fois encore, ses amours l'avaient déçue.

On avait trouvé son corps coincé dans le système hydraulique du moulin. Usant de ses prérogatives au *Philadelphia Mirror*, Judith avait attentivement suivi les progrès de l'enquête qui avait conclu à une mort accidentelle. Ryan Smith n'avait pas été inquiété et Judith ne pouvait s'empêcher de songer que la renommée et la fortune du marionnettiste avaient pesé lourd dans le verdict.

Elle ne possédait aucune preuve pour étayer la thèse de l'assassinat si ce n'est le souvenir d'un coup de fil hystérique et son instinct de journaliste. Lacey était sujette au vertige et détestait la solitude. Pourquoi se serait-elle penchée à un balcon en pleine nuit, au risque de perdre l'équilibre?

Officiellement, Judith Daniels avait pris deux mois de congés bien mérités. L'idée lui était venue très simplement. Si la Fabrique avait consenti à engager Lacey, qui ne pouvait se prévaloir d'aucune qualification, si ce n'est sa silhouette épanouie et sa bonhommie naturelle, il n'y avait aucune raison qu'elle n'en fasse pas autant pour elle. Elle avait passé les premiers tests avec succès et l'entretien de ce matin déciderait de son avenir. Il ne lui restait qu'à convaincre Elvira Carter, et peut-être Ryan Smith en personne, du bien-fondé de sa candidature.

Elle engagea résolument sa Mercedes dans le parking de la Fabrique et arrêta le moteur, le cœur battant. Ses doutes s'étaient dissipés. Elle mènerait son enquête en souvenir de l'amitié qui l'avait liée à

Lacey. S'il s'avérait qu'elle était morte accidentellement, elle n'insisterait pas et retournerait à ses articles sur le bricolage avec la conviction intime d'avoir au moins essayé.

L'ancien moulin dominait la rivière de ses cinq étages. Les vieux colombages avaient été reteints couleur chêne et les nouvelles fenêtres s'harmonisaient parfaitement avec l'architecture d'origine. Du côté du parking, on ne voyait que deux étages et demi. D'un seul coup d'œil, Judith constata que sa Mercedes était la voiture la plus rutilante parmi la douzaine de véhicules en stationnement et elle regretta presque de n'avoir pas loué une conduite intérieure, plus anonyme.

Apparemment, Ryan Smith n'était pas là. Un homme aussi riche que lui devait au moins disposer d'une Rolls avec chauffeur.

Malgré le long voyage, le tailleur en lin crème de Judith était à peine froissé et elle gravit avec confiance les quelques marches qui la séparait du moulin.

Judith Kennedy Daniels était la descendante directe d'une très vieille famille fortunée d'origine irlandaise, implantée depuis des siècles à Philadelphie et ce n'est pas son teint clair ni sa silhouette élancée qui auraient pu démentir ses origines. On la comparait souvent à Grace Kelly dont elle avait l'élégance et l'air aristocratique mais c'était peu la connaître. Elle troquait volontiers ses vêtements de soie pour un jean usé. Il n'était pas rare non plus de la surprendre le front ceint d'un bandeau et une traînée de graisse sur ses pommettes hautes.

Pour l'heure, elle ressemblait à une princesse avec son tailleur impeccable, ses chaussures en cuir cousues main et son port de tête altier.

Deux femmes occupaient le spacieux bureau dans lequel elle pénétra. La première, le regard rivé sur l'écran d'un ordinateur, leva à peine les yeux à son entrée et Judith adressa son plus charmant sourire à l'autre.

Mme Elvira Carter ne parut pas impressionnée. C'était une femme mince, d'une soixantaine d'années, à l'aspect revêche et aux yeux dénués de toute expression.

— Madame Carter? s'enquit-elle d'une voix chaude et amicale. Je suis Judith Daniels. J'ai un entretien...

— C'est inutile.

— Je vous demande pardon?

— Nous n'avons que faire d'une débutante.

— Je suis courageuse à la tâche. Mes références...

— ...sont excellentes, j'en conviens mais inutiles. N'insistez pas.

Judith songea à Lacey.

— Je suis venue de loin, lui rappela-t-elle. Ne croyez-vous pas que vous me devez au moins une explication?

— Je ne vous dois rien du tout! Si vous ne...

Judith entendit la porte s'ouvrir dans son dos mais des années d'auto-discipline l'empêchèrent de se retourner en direction du nouvel arrivant. Quel que soit son sexe, il avait eu assez d'influence pour stopper net Mme Carter.

— L'air conditionné est encore en panne au deuxième, annonça une voix masculine au bord de l'exaspération. Rappelez Matthews et tâchez de le convaincre de se déplacer.

Judith jeta un bref coup d'œil par-dessus son épaule. L'homme était grand, brun et vêtu d'un pantalon de toile. Il ressemblait plus à un charpentier qu'à un multi-millionnaire mais la première démarche de Judith avait été de dénicher une photo de Ryan Smith et elle n'eut aucune peine à le reconnaître.

— Quelle marque? s'enquit-elle poliment.

Il la toisa de toute sa hauteur. Son regard vert-gris hésitait entre le doute et l'étonnement.

— Un Roberts 450, répondit-il enfin. L'installateur n'a jamais réussi à le régler correctement.

— C'est pourtant simple. Si vous permettez...

L'amusement fit place à un sourire d'incrédulité indulgente auquel peu de femmes auraient résisté.

— Je n'en doute pas, acquiesça-t-il alors que son regard s'attardait sur le tailleur impeccable et les fines chaussures en cuir de son interlocutrice mais je préfère encore que Ma prévienne Matthews.

Judith sursauta involontairement à ce surnom affectueux.

— Qu'avez-vous à perdre? insista-t-elle. J'ai déjà travaillé sur un Roberts 150 et le nouveau modèle n'est guère différent.

— De quel droit...

— Je m'appelle Judith Daniels et...

— Elle est venue pour un entretien, la coupa Mme Carter. Je lui ai déjà dit qu'elle ne correspondait pas au poste.

— Il ne vous manque que les gants blancs et le chapeau à voilette, remarqua-t-il d'un ton narquois.

Contre toute attente, Judith rougit violemment.

— On m'a appris à l'école à me vêtir correctement avant de me présenter chez un employeur.

— Quelle école?

— Le collège Bryn Mawr, répondit Mme Carter à sa place.

— Est-ce la tenue qu'ils préconisent pour une fabrique de marionnettes? interrogea-t-il, sceptique.

Elle avait éveillé sa curiosité.

— Non. Ils ne m'ont pas non plus initiée aux mystères des systèmes à air conditionné, si c'est ce qui vous inquiète.

— Appelez Matthews, répéta-t-il à l'intention de Mme Carter. Je suis désolé, Miss Daniels.

— Laissez-moi essayer au moins!

Il hésita à peine une fraction de seconde.

— Pourquoi pas, après tout?

— Ryan...

— N'ayez crainte, Ma. Je doute qu'une princesse réussisse là où Matthews a échoué. Prenez congé de Ma, Miss Daniels. Vous ne vous reverrez certainement pas.

— Et si j'y parviens? demanda Judith en relevant fièrement le menton.

Un sourire incrédule éclaira son visage.

— Mmm... dans ce cas, la place est à vous!

Elle approuva d'un hochement de tête victorieux.

— C'est comme si c'était fait!

Le claquement de ses talons sur les marches métalliques l'irritait. Il aurait dû suivre le conseil de Ma et se débarrasser de cette intruse mais il n'avait pas su résister à la lueur d'intelligence et de malice qu'il avait décelée dans ses yeux aussi bleus que l'azur.

Et ce n'était pas tout. Son visage lui était étrangement familier. Il se vantait d'être physionomiste et pourtant, il ne parvenait pas à savoir d'où lui venait cette impression.

— Vous êtes de la région?

— Non.

— Pourquoi avez-vous posé votre candidature?

Il avait parlé sans animosité. Après tout, les princesses avaient leur place dans le monde. Pas dans le sien mais...

— J'aime les marionnettes.

Il y avait certainement une autre raison à sa présence et dès qu'il saurait qui elle était, il aurait sa réponse. En attendant, il préférait croire qu'elle aimait véritablement les marionnettes.

— Le poste à pourvoir n'est guère intéressant, poursuivit-il. Vous serez chargée de préparer le café, coudre des costumes, aider Ma au secrétariat...

— Cela me convient tout à fait.

— Ne croyez-vous pas que vous êtes surqualifiée?

— C'est à moi de décider,non?

Il la regarda par-dessus son épaule. Sa bouche généreuse était volontaire et tout en elle trahissait une profonde détermination. Quand elle verrait ce que Matthews avait fait au Roberts 450 lors de sa dernière visite, elle perdrait peut-être contenance et s'enfuierait à toutes jambes.

— Aucun contact avec les marionnettes? demanda-t-elle timidement.

— Vous leur parlerez...comme tout le monde ici.

— Mme Carter leur parle?

Il esquissa un sourire.

— Elle ne descend jamais aux niveaux inférieurs et les marionnettes sont susceptibles.

— Comment est organisée la Fabrique? Par simple curiosité, se hâta-t-elle d'ajouter. Je n'ai pas oublié que ma présence en ces lieux n'était pas appréciée...

Il haussa les épaules.

— Qui sait? Vous parviendrez peut-être à régler cet appareil. La vie nous réserve parfois des surprises et pour répondre à votre question, nous sommes ici dans un ancien moulin. Le premier étage — ou plutôt le sous-sol — sert au stockage des fournitures, des vieux costumes et du bois. Le second étage abrite la salle de contrôle et les bureaux d'étude et le troisième, l'atelier proprement dit. C'est là que nous concevons et fabriquons les marionnettes. Nous y procédons aussi à la mise en place de spectacles. La pièce est dotée d'un système vidéo très sophistiqué branché en permanence ou presque. Le quatrième étage est le domaine réservé de Ma et de Bessie. A part les bureaux, il y a une salle de conférences et plusieurs salles de réunions.

— Et le dernier?

Il hésita à peine une fraction de seconde.

— Vide pour l'instant. Il est desservi uniquement par un monte-charge que personne n'utilise jamais.

— Et où se trouve le système d'air conditionné?

— Ici, répondit-il en poussant une porte qui s'ouvrait sur le palier du second.

La vingtaine de personnes qui travaillaient à la conception des marionnettes s'était réfugiée dans les étages supérieurs où régnait une température plus clémente. Quelques projets inachevés traînaient sur les tables. Le Roberts 450 occupait un coin de la pièce d'où il envoyait des bouffées de chaleur à la limite du supportable. Ryan attendait impatiemment la réaction de Judith.

— Vous avez des outils? demanda-t-elle en ôtant sa veste.

— Tout ce que vous voulez.

Elle s'approcha du monstre en retroussant les manches de son chemisier en soie.

— Il me faudrait un tournevis cruciforme, taille moyenne, un tournevis normal, une pince, des petites mordaches pour étau et quelques écrous.

Elle esquissa une grimace devant la paroi graisseuse.

— Vous le nettoyez à l'huile ou quoi ?

— Si l'odeur vous incommode...

— Pas du tout, le coupa-t-elle vivement.

Quand il revint avec les outils, elle avait déjà débranché l'appareil et en inspectait l'intérieur d'un œil intéressé.

— Vous pouvez me passer les mordaches ?

Il s'exécuta, fasciné par la tache de graisse qui barrait son front et l'épaule de sa chemise.

— Hum... c'est bien ce que je pensais, dit-elle enfin.

— C'est-à-dire ?

Elle avait extirpé plusieurs fils sans l'ombre d'une hésitation.

— Il est mal câblé ! Ces modèles sont assez compliqués et il est facile d'inverser...

Elle ne termina pas sa phrase.

— Savez-vous de quoi je parle ?

— Non !

— Cela vous intéresse ?

— Pas vraiment... pourvu qu'il marche...

— Donnez-moi cinq minutes.

Il s'était redressé et la contemplait, le sourcil froncé. La mémoire venait de lui revenir et il le regrettait.

Cette jeune fille...Lacey...qui avait basculé par-dessus le balcon. Elle l'avait poursuivi de ses assiduités et au cours de ses longs monologues, elle avait souvent mentionné le nom de sa meilleure amie — une certaine Judith, journaliste de profession. Elle lui avait même montré une photo qui datait du collège. Bryn Mawr, se rappela-t-il avec une grimace. Pas étonnant que le visage de Judith Daniels lui soit familier.

Il réprima un geste de mécontentement. Au cours des dernières semaines, il avait rencontré assez de journalistes pour savoir qu'il ne les aimait pas.

Judith avait terminé de brancher les fils et il la regarda baisser l'interrupteur. A sa grande stupéfaction, un doux ronronnement se fit entendre alors que des bouffées d'air frais s'échappaient de l'appareil.

La jeune femme s'était levée et le dévisageait d'un air victorieux.

— Alors?

— La place est à vous!

Chapitre 2

Dès que les mots franchirent ses lèvres, il parut les regretter et Judith s'en étonna. Craignait-il la réaction de Ma? Ryan Smith donnait pourtant l'impression de n'avoir peur de rien ni de personne.

— Parfait, répondit-elle précipitamment sans lui laisser le temps de se rétracter. Où puis-je me laver les mains?

— A l'étage au-dessus. Il y a des douches et une cuisine à la disposition du personnel.

— C'est le grand confort!

— Déductible des impôts, expliqua-t-il machinalement.

A cet instant, la porte s'ouvrit brusquement sous la poussée d'un jeune homme séduisant.

— Ryan, où...Mais il fait divinement frais ici! constata-t-il avec satisfaction. Matthews aurait-il enfin accompli un miracle?

— Matthews n'y est pour rien, Steve. C'est l'œuvre de Judith Daniels, poursuivit-il en la désignant d'un geste. Judith... je vous présente Steve Lindstrom.

Le jeune homme s'était approché et Judith eut tout le loisir de le dévisager: des cheveux blonds et soyeux, une fossette au menton et de larges épaules.

— Où Ryan vous a-t-il dénichée?

— C'est plutôt elle qui nous a trouvés! corrigea Ryan.

Judith lui jeta un rapide coup d'œil. A son ton, elle avait deviné qu'elle l'intriguait.

— Ryan n'engage jamais une femme sur son physique mais vous êtes bien la plus jolie fille que j'ai vue depuis des années ! s'exclama Steve au comble du ravissement.

— Du calme, Steve! Autant que je sache, Judith est là pour travailler. N'est-ce pas, Judith?

Ce n'est pas parce que vous êtes foncièrement inhumain que nous devons l'être tous. Elle classa machinalement la réflexion de Steve dans un coin de sa mémoire. Steve Lindstrom était trop impulsif à son goût mais s'il était aussi indiscret que bavard, ses renseignements risquaient de lui être utiles.

— C'est exact, acquiesça-t-elle. A propos, quand dois-je commencer?

— Le plus tôt sera le mieux. A quoi bon repousser l'inévitable?

— Vous parlez comme si vous regrettiez déjà de l'avoir engagée! s'offusqua Steve.

Ryan hocha la tête alors que son regard allait de l'un à l'autre.

— Qui sait?

Si ce n'était pour Lacey, elle lui aurait volontiers jeté son offre d'emploi au visage.

— Dès que j'aurai trouvé à me loger...

— Pas de problèmes, la coupa aussitôt Steve. Micki cherche une locataire.

Ryan eut un haut-le-corps.

— Micki et la princesse? Quelle drôle d'idée...

— Qui est Micki? interrogea Judith.

— La bombe du Bronx, répondit Steve en glissant familièrement un bras autour de ses épaules tout en la conduisant vers le palier. Laissez-moi vous expliquer la hiérarchie, Judy.

— Judith.

— Peu importe. L'homme qui nous suit et nous surveille étroitement — Ryan pour ne pas le nommer — est le numéro Un. Le grand patron... Franz Himml est le numéro deux. L'associé de Ryan depuis de nombreuses années. Très Europe centrale, plutôt vieille école.

— Et l'un des meilleurs marionnettistes au monde, ajouta Ryan d'une voix radoucie.

— Sûrement, concéda Steve.

L'odeur épicé de son après-rasage mettait Judith mal à l'aise. Elle détestait les hommes qui s'aspergeaient de parfum. Elle aurait mille fois préféré le bras solide de Ryan autour de ses épaules. A peine cette pensée l'eut-elle effleurée qu'elle sursauta violemment. L'un ou l'autre de ces deux hommes avaient pu assassiner Lacey ! Si elle voulait aboutir à un résultat, elle devait commencer par se méfier de tout le monde.

— Après Franz vient votre serviteur, poursuivit Steve. Mon exubérance naturelle compense ma jeunesse dans le métier.

— Dixit *Time magazine*, ajouta Ryan.

— Avec raison ! se défendit-il violemment. Micki me suit de près. Elle a une technique à nulle autre pareille avec les Déesses Vertes et commence à bien maîtriser Billy et Fafnir.

Judith se tourna vivement vers Ryan.

— Je croyais que vous étiez leur Créateur. Le seul à savoir les manier, l'accusa-t-elle presque.

— En effet, mais j'insiste pour que chacun ici sache manipuler n'importe quelle marionnette. Je ne tiens plus à me produire ni à Broadway ni à Las Vegas.

— Nous sommes presque tous interchangeables, résuma Steve et Ryan peut se consacrer à ce qu'il fait le mieux.

— C'est-à-dire?

— Et si nous laissions à cette jeune femme curieuse le soin de le découvrir? suggéra Ryan d'un ton sans réplique.

Ils étaient arrivés devant une porte à double-battants.

— Judy, préparez-vous à la grande surprise de votre vie. Nous allons pénétrer dans le monde de l'imaginaire. Si vous êtes occupé, Ryan, je peux lui faire les honneurs de la visite, proposa Steve.

Ryan eut un sourire enchanté et annonça :

— Je ne manquerais ce spectacle pour rien au monde! Venez, Princesse.

C'était plus qu'elle n'en pouvait supporter.

— Réglons d'abord un petit détail. Je ne m'appelle ni Judy ni Princesse. Mon nom est Judith et je ne répondrai à aucun autre!

Il y eut un silence gêné, à peine troublé par le bruit qui s'échappait par l'entrebaîllement de la porte. Ryan la dévisageait d'un œil sceptique. Elle lui avait fourni une raison de la renvoyer et elle le savait. Elle ouvrit la bouche pour s'excuser puis se ravisa. Le terme de Princesse lui déplaisait et cette fois, le souvenir de Lacey ne réussit pas à la faire changer d'avis.

Steve s'éclaircit nerveusement la gorge.

— Je...je vais essayer de trouver Micki, annonça-t-il en s'éclipsant par une porte latérale.

Le regard froid et désapprobateur de Ryan était resté fixé sur elle. Il n'avait qu'un mot à dire. Elle releva fièrement le menton, sans songer une seule seconde à la tache de graisse sur son visage, à son habit froissé et à ses cheveux en bataille.

— Sachez, Princesse, que je vous appelerai comme il me plaira...

— N'ayez crainte. Cela ne me poussera pas au suicide!

Elle regretta aussitôt ses paroles. Elle pâlit et rougit successivement mais ne baissa pas les yeux devant son sourire cynique.

— Vous savez ça aussi? Qu'avez-vous découvert d'autre au cours de votre enquête?

— Il est normal de se renseigner sur un employeur potentiel, déclara-t-elle enfin.

— C'est ce que l'on vous a appris à Bryn Mawr? Hein ! Comme de porter des tailleurs chics ? Regardez donc où cela vous mène, poursuivit-il en effleurant la tache qui s'étalait sur son épaule. A votre place, Judith Daniels, je prônerais la discrétion. Comme vous pouvez le deviner, cet accident a bouleversé tout le monde. Si vous ne voulez pas vous créer des inimitiés, réfléchissez avant de parler.

— Et dans le cas contraire?

— Je crains que vous ne le regrettiez un jour.

— Est-ce une menace?

— Un conseil amical. Ma cotisation d'assurances a presque doublé. Je ne tiens pas à ce que cela se reproduise.

— Une jeune fille meurt et vous ne songez qu'aux répercussions sur votre assurance Responsabilité Civile? l'accusa-t-elle durement.

Le visage de Ryan était sombre et impénétrable.

— Je ne pense pas que cela vous regarde ! Vous voulez toujours cet emploi ?

— Certainement.

— Alors...après vous, Princesse.

Dès qu'elle eut franchi le seuil, elle fut prise dans un tourbillon de voix, de couleurs et de lumière. Des rires, des chants, des plaisanteries fusaient de toutes parts. Le troisième étage se composait d'une vaste salle, éclairée par de larges fenêtres qui s'ouvraient sur un balcon à l'aplomb de la rivière. Il y avait des caméras vidéo au plafond, des écrans de contrôle partout, côtoyant une profusion de scènes, d'estrades et de cabines. Les marionnettistes, jeunes dans l'ensemble et habillés simplement, avaient coiffés leurs mains de ces pantins de chiffon souples auxquels Ryan Smith devait sa renommée.

— Hé, vous ! interpella une voix basse et mélodieuse.

Judith sursauta violemment avant de se heurter à deux balles de ping pong au milieu d'une boule de fourrure violette orné d'une moustache en cire et d'une longue langue fourchue.

— Hé, vous ! répéta la voix. Vous êtes une vraie pépée !

— Ne l'appelle pas comme ça ! remarqua une voix plaintive.

Sur la scène, elle vit s'agiter la marionnette d'un petit garçon qui arborait des lunettes à la place des yeux et une touffe de poils orange surmontait un visage en tissu à l'expression pensive.

Il se tourna vers Judith.

— Excusez-le. Fafnir ne sait pas faire la différence entre les sexes. Chez les dragons, il n'y a ni homme ni femme. C'est des dragons tout simplement.

La marionnette attendait manifestement qu'elle réponde et Judith fut totalement prise au dépourvu. Tous les yeux étaient braqués sur elle, y compris ceux de Ryan Smith qui ne dissimulait pas sa curiosité.

Elle s'éclairçit nerveusement la gorge.

— Co...comment font-ils des bébés? articula-t-elle faiblement en s'adressant à la marionnette.

Fafnir baissa tristement la tête jusqu'à la scène.

— Nous n'en faisons pas et c'est la raison pour laquelle nous sommes en voie de disparition. Dix siècles de célibat est une rude épreuve. Vous comprenez pourquoi le sexe m'intéresse?

— Dis plutôt qu'il t'obsède! rétorqua son compagnon avant de pivoter vers Judith. Permettez que je me présente. Je m'appelle Billy. Vous travaillez ici?

— Oui...

Il soupira.

— Nous manquons terriblement de femmes. Je ne vois que Ma Carter et Micki. Micki est toujours pressée et Ma est un vrai dragon. Excuse-moi, Fafnir.

— Il n'y a pas de quoi.

— Nous sommes ravis de vous savoir parmi nous, poursuivit Billy en affectant une certaine timidité. N'est-ce pas, Faf?

— Bien sûr et j'aimerais bien voir ce qu'il y a sous ce...

— Fafnir!

A ce stade de la conversation, Judith reconnut les intonations familières de Steve Linstrom. Elle se décontracta visiblement et caressa la tête du dragon.

Il se blottit aussitôt contre sa main avec un soupir de satisfaction.

— Si vous ne prenez pas garde, Billy tombera amoureux de vous, lui confia-t-il à voix basse.

Pendant une fraction de seconde, elle resta muette. Au cours de ses longues recherches, elle avait appris que Billy était l'alter ego de Ryan Smith. Se pouvait-il que... Impossible ! Pour l'instant, d'ailleurs c'est Steve qui se cachait derrière la marionnette, Steve qui cherchait à la séduire comme il avait essayé depuis le début de leur rencontre.

— Il y survivra, rétorqua-t-elle sèchement.

— Partez, vilains garnements, intima soudain une voix féminine au fort accent new-yorkais.

Judith s'attendait à ce qu'un nouveau personnage apparaisse sur la scène et elle sursauta violemment lorsqu'une main se posa sur son épaule. Elle pivota. Deux yeux noirs et malicieux l'observaient. De longs cheveux sombres encadraient le visage pâle et étroit de la jeune femme.

— Micki Verrenger, se présenta-t-elle en observant Judith d'un œil amusé. J'ai entendu dire que vous cherchiez à vous loger.

— Les nouvelles circulent vite, murmura Judith.

Les marionnettes avaient quitté la scène, Ryan Smith avait disparu et tout le monde était retourné à ses occupations.

— Vous allez remplacer Lacey Hollister. J'espère qu'il ne vous viendra pas à l'idée de plonger dans la turbine vous aussi ! ajouta Micki d'un ton cynique.

Judith ouvrit la bouche pour protester mais aucune réponse décente ne lui vint à l'esprit.

— Malgré votre tenue, vous avez l'air intelligente, poursuivit Micki en approuvant d'un hochement de tête. Qu'êtes-vous donc venue chercher ici ?

— Je suis passionnée par les marionnettes, répéta Judith pour la deuxième fois de la journée.

— Moi aussi, mais je ne ressemble pas à Grace Kelly dans sa jeunesse. Quel est votre nom ?

— Judith Daniels.

— Eh bien, Judith, j'ai une vieille ferme à douze kilomètres d'ici. En dehors du travail, je fume comme un pompier. Je ne suis pas une excellente ménagère. J'aime me lever tard et faire hurler Phil Collins sur la stéréo. Je me nourris de boîtes de conserve et de surgelés arrosés d'un vin ordinaire. Croyez-vous que nous ayons des points en commun ?

— Aucun !

— Voulez-vous une chambre ?

— Oui.

Micki eut un sourire victorieux.

— Vous ne me demandez pas le prix ?

— Si. Combien ?

— Combien gagnez-vous ? riposta-t-elle.

— Je...je ne sais pas encore.

— Renseignez-vous ! Nous calculerons le prix en fonction de votre salaire. En attendant, je vais vous donner les clés et vous dessiner un plan pour que vous puissiez vous installer. Je suis sûre que Ryan veut que vous commenciez immédiatement. Pour lui, il est toujours trop tard de toute façon. Autre chose..., ajouta Micki.

— Oui ?

— Vous connaissez Steve ?

Judith approuva d'un hochement de tête.

— Je couche avec lui quand nous n'avons rien d'autre à faire ni l'un ni l'autre.

— Je garderai mes distances, lui promit-elle.

— Là n'est pas la question. Si il vous attire, il est à vous ! Mais il n'en va pas de même pour Ryan.

— Vous sortez aussi avec Ryan? interrogea Judith avec une certaine incrédulité.

— Non, reconnut Micki. Il est rare qu'il s'intéresse à son personnel. Il a fait une seule exception et croyez-moi, il le regrette.

— Et alors?

— S'il se décidait à en faire une seconde, ce serait avec moi, pas avec vous. C'est compris?

— Oui.

Micki parut satisfaite.

— Bienvenue ici! dit-elle alors en lui tendant une main chaleureuse.

Judith la serra volontiers. La franchise de Micki l'avait séduite.

— Charmant spectacle! déclara une voix familière.

Fafnir était silencieusement revenu sur la scène.

— Tu te rends compte, chère Micki, que cette conversation a entièrement été enregistrée...

La réponse de Micki fusa instantanément.

— J'oublie toujours que Big Brother est à cet étage. Bientôt, il mettra une caméra dans les toilettes.

— Qu'est ce qui te fait croire que ce n'est pas déjà fait?

— Ce n'est pas un voyeur... Tu feras disparaître cette bande, n'est-ce pas, Faf? demanda Micki en frottant tendrement son nez contre la moustache du dragon.

— C'est à discuter. Que fais-tu ce soir?

— J'aide Judith à s'installer. Mais il se peut que tes avances l'intéressent...

— Billy me tuerait.

— Comme il te plaira...

— Mais souvenez-vous, Princesse, que j'ai été le premier à vous remarquer.

Au grand étonnement de Judith, Micki s'écarta vivement du dragon comme si elle s'était brûlée à son contact.

— Comment? interrogea Judith.

— Comment quoi? répondit Fafnir en fixant ses yeux en balles de ping-pong sur elle.

Judith sursauta. Cc n'était plus Steve qui se cachait derrière la marionnette mais Ryan en personne.

Pendant ce court échange, Micki avait eu le temps de revenir de sa surprise.

— Tu ne vas pas faire d'histoires, vieux Fafnir. Je n'ai d'ailleurs rien dit que tu ne saches déjà!

— Avec moi, ton secret sera bien gardé mais veille sur la Princesse.

Judith s'approcha de la cabine et, pour la seconde fois, caressa la tête du dragon. Elle éprouva une étrange sensation en devinant la main de Ryan sous la fine étoffe.

— Si tu m'appelles encore Princesse, je t'arrache la langue, le menaça-t-elle.

Fafnir roula sur le dos comme pris de fou rire.

— J'adore quand tu parles vulgairement!

D'un geste brusque, Micki repoussa la marionnette derrière le rideau et entraîna Judith vers la porte.

— Apprenez à peser chacune de vos paroles dans cette.pièce, lui conseilla-t-elle.

— Mais vous faites bien une différence entre la fiction et la réalité? demanda Judith d'une voix étranglée.

— Qui sait?

Il fallut plusieurs longues minutes à Judith pour chasser cette étrange demi-heure de son esprit. Le décalage entre la familiarité du dragon et la réserve du marionnettiste l'avait déconcertée et c'était peut-être dans ce décalage que résidait la clé du mystère de la mort de Lacey. Elle frissonna involontairement à cette pensée.

Personne ne savait qu'il est là. Il était seul dans la pièce plongée dans la pénombre. Pas de fenêtres, pas de lumière si ce n'est le reflet de l'écran vidéo. Ses yeux durs étaient rivés sur le rectangle luminescent. Attendre, attendre...

Chapitre 3

La ferme de Micki était aussi vieille et délabrée qu'elle l'avait laissé entendre. Elle était située dans un quartier qui comme tant d'autres avait surgi de terre au début des années cinquante et le moins que l'on puisse dire est que la bâtisse avait mal vieilli. La peinture se craquelait et les boiseries étaient pour la plupart fendues. Une odeur de cigarettes froides régnait à l'intérieur mais à la vue du système à air conditionné, Judith poussa un soupir de soulagement.

Il ne lui fallut que quelques minutes pour prendre possession de la petite chambre carrée qui lui était réservée sur l'arrière de la maison. L'étroit matelas avait du connaître des jours meilleurs et on devinait les ressorts sous la toile usée de l'unique fauteuil. La commode semblait venir tout droit de l'Armée du Salut et des rideaux gris et loqueteux pendaient tristement aux fenêtres. Un dessus de lit aux motifs fanés par les ans traînait dans un coin et le placard n'avait plus de porte.

— *Home, sweet home*, fredonna Judith en posant ses valises par terre.

Si Micki Verrenger espérait obtenir un loyer proportionnel à son salaire pour cette infâme chambre, elle se trompait lourdement, songea Judith en se déshabillant. Ryan Smith était plus que généreux : une secrétaire « à tout faire » gagnait plus dans son établissement qu'un éditorialiste et une somme importante était régulièrement versée sur un compte bloqué à titre d'intéressement aux bénéfices. Le salaire énorme, annoncé par une Ma hostile, avait éveillé ses soupçons mais elle s'était vite aperçue que malgré ce chiffre astronomique, elle était encore la moins rémunérée de toute l'entreprise.

Micki avait largement de quoi entretenir sa ferme et Judith fut surprise de constater que le salon et l'autre pièce ne valaient guère mieux que la chambre d'ami.

Un mois, décréta-t-elle. Elle accepterait de vivre un mois dans des conditions aussi précaires en souvenir de l'amitié qui l'avait jadis liée à Lacey.

Mais dans son esprit, la précarité n'était pas synonyme de saleté. Un rapide coup d'œil à sa montre lui apprit qu'il n'était guère plus de midi. Elle avait largement le temps de faire le ménage et de réapprovisionner le refrigérateur qui ne renfermait que du Coca-Cola, des hot-dogs et de la moutarde. Puis dès que Micki reviendrait, elle l'interrogerait discrètement sur Ryan Smith et sa Fabrique.

Une fois les vitres lavées, le tapis brossé et les rideaux retirés, sa chambre avait pris un tout autre aspect. Elle frotta les robinets de la baignoire et du lavabo avec une énergie dont elle se serait crue incapable et déjeuna rapidement d'un yaourt à la framboise. Elle attendit patiemment le retour de Micki jusqu'à dix heures ce soir-là, après quoi elle se coucha, vaincue par la fatigue.

Dès demain, j'essayerai de découvrir les ennemis de Lacey, se promit-elle. En dehors de Ryan Smith et Micki. Et Ma bien sûr qui, elle, n'était l'amie de personne. Elle disposait déjà de trois suspects et il y en aurait certainement beaucoup d'autres. Dans cette tragique enquête, elle ne pouvait écarter la moindre hypothèse.

A l'odeur du café fraîchement passé, Judith devina que Micki était bien rentrée dans la nuit. Malgré le matelas dur et inconfortable, elle avait dormi d'une traite jusqu'au petit matin.

Elle enfila une vieille paire de jean et un Teeshirt vert trop grand avant de pénétrer dans le salon où elle trouva Micki attablée devant une pâtisserie débordant de crème. Une cigarette pendait de ses lèvres minces. A son grognement indistinct, Judith comprit que Micki Verrenger n'était pas de bonne humeur.

— Inutile de me parler avant ma deuxième tasse de café, la prévint-elle d'un ton morne.

Judith acquiesça docilement et se servit sous l'œil inquisiteur de Micki. Conformément aux ordres, elle se retint de lui adresser la parole. Elle s'accouda contre le comptoir et but une longue gorgée avant de la rejeter presque aussitôt dans l'évier.

— Vous n'aimez pas mon café? grimaça Micki.

— C'est le plus insipide qu'il m'ait jamais été donné de boire, répondit Judith en choisissant un jus de fruit parmi la réserve qu'elle s'était constituée la veille.

— A propos... je ne crois pas qu'il y ait assez de place dans le réfrigérateur pour mon Cola-Cola et vos jus de fruits, poursuivit Micki en cherchant ouvertement la bagarre.

— C'est ce que nous verrons!

— Seriez-vous agressive de bon matin? Au moins, vous ne ressemblez plus à une bourgeoise de Park Avenue...Et qu'est-ce que ce véhicule que vous avez laissé dans mon allée? On dirait une De Lorean de l'époque.

— Pas tout à fait, mais presque. C'est une Mercedes modèle 57 et je lui voue une passion inconditionnelle. Elle en vaut la peine bien que ce ne soit pas le moyen de transport le plus fiable.

— Je suppose que nous pourrions partir ensemble, suggéra Micki en vidant le contenu de sa tasse. Mon Escort, elle, n'est pas belle mais tout à fait fiable.

— Aurons-nous le même emploi du temps?

Micki haussa les épaules.

— Pourquoi pas? Il n'y a pas de pointeuse à la Fabrique. Nous commençons le plus tôt possible et nous partons quand nous avons fini. Le service administratif doit avoir des horaires plus stricts mais si je suis retenue, vous pourrez prendre la voiture et Franz me raccompagnera. Il dépose Jimmy et Melvin tout près d'ici tous les soirs.

— Jimmy et Melvin?

— Deux apprentis marionnettistes parmi la horde que Ryan n'a pas eu le temps de vous présenter. C'est vrai que vous ne connaissez pas Franz non plus, ajouta-t-elle après réflexion. Il était absent hier.

— Ryan prétend que c'est le meilleur marionnettiste au monde.

Micki esquissa une moue dubitative avant d'écraser son mégot dans un cendrier.

— Ryan est modeste. Il est vrai que Franz a beaucoup d'imagination et qu'il excelle dans la technique. Il est le seul parmi nous à véritablement croire aux marionnettes. Mais il n'a ni l'intelligence ni le génie de Ryan. A mon avis, c'est Ryan le meilleur marionnettiste de ce siècle.

— N'est-ce pas exagéré?

— Que voulez-vous dire?

— Pas plus tard qu'hier, vous m'avez avoué que vous l'aimiez.

— Balivernes! Je l'admire, je le respecte et je le désire mais de là à l'aimer! Grandissez un peu, Judith! Le désir n'a jamais eu rien à voir avec l'amour...

— Hum... vous pourrez toujours essayer de me convaincre en route et me parler aussi de la fille qui est morte.

— De Lacey?

— Ryan semble croire que tout le monde est nerveux depuis cette histoire. J'aimerais savoir pourquoi...

— Lacey était insupportable dans son genre. Dès son arrivée, elle s'est immiscée dans ce qui ne la regardait pas. Elle parlait à longueur de journée, le plus souvent à tort et à travers.

— Elle est allée jusqu'à s'introduire dans le lit de Ryan?

— Oui, mais elle s'en est vite lassée.

Micki alluma une autre cigarette avant de poursuivre.

— Elle l'a abandonné pour Steve et vous connaissez Steve. Il ne s'est pas fait prié. Elle s'était également liée d'amitié avec Franz mais je doute qu'elle ait couché avec lui. Elle a même essayé de m'amadouer. Elle voulait venir habiter chez moi mais j'ai refusé.

— Pourquoi avez-vous accepté ma présence?

Micki sourit tout en exhalant une longue bouffée de fumée.

— Pour observer une petite bourgeoise de près peut-être...

Judith s'écarta de l'évier et toisa Micki de toute sa taille.

— Je peux être aussi cynique que vous, vous savez?

— Quel est l'enjeu? Ryan?

— Coucher avec lui est la dernière chose dont j'aie envie.

— Alors pourquoi êtes-vous là? Je suis à peu près sûre que ce n'est pas par amour pour les marionnettes.

Judith étudia son interlocutrice pendant plusieurs longues secondes. Elle était tentée de se confier à Micki, mais elle se ravisa brusquement. Micki avait plusieurs raisons de détester Lacey. Lacey avait poursuivi de ses assiduités deux des hommes auxquels elle s'intéressait. Elle ne pouvait courir le risque de lui dévoiler le motif de sa présence tant qu'elle n'aurait pas établi la preuve de son innocence.

— C'est une longue et ennuyeuse histoire avec un ex-mari, un patron trop libertin et une famille curieuse.

— Je préfère ne pas l'entendre. Partons. J'ai hâte de voir la réaction de Ma devant votre nouvel accoutrement.

— J'ai le temps de me peigner?

— Si vous y tenez vraiment, soupira Micki, déque. Mais dépêchez-vous. Frank doit revenir ce matin et il m'a promis de m'aider à travailler Madame Rinaldi.

Judith avait connu des trajets plus sereins. Micki avait manifestement tendance à confondre les petites routes de Miller's Junction avec l'autoroute de Los Angeles. Tout en serrant les dents, elle s'efforça de réfléchir à la journée qui l'attendait.

Ce qui la gênait le plus, c'était l'idée qu'elle devait mentir continuellement, se montrer à la fois curieuse et malhonnête. Lorsqu'on passe sa journée à feindre et à dissimuler, que devient votre vie personnelle ?

Fort heureusement, sa vie sociale était au point mort. Ses parents résidaient à Hilton Head et n'attendaient pas sa visite avant l'hiver. Son frère était à Stanford, sa sœur dans le Minnesota et aucun amoureux transi ne l'attendait. Les hommes qu'elle fréquentait étaient pour la plupart des amis d'enfance et il y avait des jours où la monotonie de sa vie comparée à celle de Lacey la désespérait.

Tôt ou tard, elle connaîtrait l'amour mais Dieu sait que ce n'était pas le moment. Lorsque son enquête serait terminée et qu'elle aurait regagné Philadelphie, elle tâcherait de combler le vide de son existence mais pour l'instant, elle avait certainement mieux à faire.

Ma Carter ne fut pas plus sensible à son jean, à son Tee-shirt trop grand et à sa queue de cheval qu'à son impeccable tailleur de la veille. Dès son arrivée, Judith fut chargée de classer de la correspondance, des factures et des reçus vieux d'un an et plus. Certains documents remontaient même au milieu des années soixante, à l'époque où Ryan Smith occupait un emploi à mi-temps dans une station de télévision locale.

Judith s'attela à la tâche avec enthousiasme, persuadée de trouver une preuve dans cet amas de paperasses mais ses espoirs furent vite déçus.

Si au moins elle avait pu déjeuner en compagnie des autres employés... mais Ma décréta que le classement ne pouvait attendre vingt minutes, et Judith avala son yaourt sur un coin de table. Bessie, l'autre secrétaire, lui adressait des sourires timides dès qu'elle relevait les yeux de son ordinateur sous l'œil désapprobateur de Ma.

Judith n'avait pas réalisé à quel point elle était déprimée avant que Ryan ne fasse brusquement irruption dans la pièce.

— Appelez Richardson, demanda-t-il à Ma d'un ton brusque.

Judith constata que le visage de la vieille femme s'était étrangement radouci et elle en profita pour s'écarter du classeur devant lequel elle était accroupie.

— Ce n'est pas Matthews, cette fois ? interrogea-t-elle. Alors le Roberts marche ?

Ryan se tourna brusquement vers elle comme s'il était surpris de la trouver là.

— Il marche à la perfection, répondit-il enfin.

— Vous m'en voyez ravie mais si quelque chose est cassé, je serais trop heureuse d'abandonner ce classement pour...

— Si le travail vous rebute, Miss Daniels, commença Ma d'un ton menaçant.

— Je l'adore, la coupa Judith mais...

Elle consulta rapidement sa montre.

— Classer des papiers pendant cinq heures consécutives démoraliserait n'importe qui. Qu'est-ce qui est en panne cette fois ?

— Un des circuits vidéo de la salle de contrôle. Une bande est restée coïncée dedans. Je veux la récupérer intacte...

— C'est d'une facilité !

— Si jamais vous la détruisez, je vous tords le cou.

Judith baissa involontairement les yeux sur ses mains fortes et solides, ces mains qu'elle avait caressées sous la fourrure de Fafnir...Lacey avait-elle été étranglée avant d'être jetée du balcon ?

— Aucun risque, répondit-elle d'une voix calme. Mais si par hasard, il m'arrivait de l'abîmer, je sais aussi les réparer.

— Y-a-t-il quelque chose que vous ne sachiez pas faire, Judith ?

Pas de Princesse aujourd'hui, constata-t-elle avec une certaine satisfaction.

— Je ne sais ni cuisiner ni chanter.

Et encore moins tomber amoureuse, ajouta-t-elle intérieurement.

— Suivez-moi ! soupira-t-il et ne vous inquiétez pas, Ma. Le classement a attendu si longtemps qu'il n'est plus à un jour près.

— Je n'aime pas ça, Ryan.

Y avait-il une note de menace dans sa voix ?

Judith hésita. Ryan allait certainement la renvoyer à son classeur.

— Désolé, Ma, mais c'est moi qui commande.

Devant son expression distante, Judith frissonna involontairement.

Ils descendirent les escaliers en silence. Ryan

Smith l'attirait irrésistiblement. Il était différent des hommes qu'elle fréquentait. Si simple et si compliqué à la fois. Ce n'était d'ailleurs pas la première fois qu'elle manifestait les mêmes goûts que Lacey. Au collège, cette rivalité n'avait pas été sans poser des problèmes.

Dès que Judith rencontrait un garçon, elle commettait la dramatique erreur de le présenter à Lacey. A trois reprises, son amie lui avait ainsi soufflé son chevalier servant du moment et elle avait dû se résoudre à ne plus lui présenter ses amis.

L'agressivité instinctive qu'elle nourrissait envers Ryan Smith venait-elle de ces souvenirs douloureux? Cherchait-elle inconsciemment à se venger d'une blessure vieille de dix ans? Ou luttait-elle contre une émotion grandissante?

— C'est ici, expliqua brièvement Ryan en désignant une porte.

Il avait soudain l'air pressé de se débarrasser d'elle. L'attraction au moins n'était pas mutuelle, ne put-elle s'empêcher de penser.

— Et les outils?

— Il y a tout ce qu'il faut. C'est le Panasonic mais de grâce, soyez prudente.

— Je le suis toujours.

Il la dévisagea pendant plusieurs longues secondes en silence.

— Je l'espère pour vous, dit-il enfin.

Sans qu'elle sut pourquoi, elle devina qu'il ne songeait pas à la vidéo à cet instant précis mais avant qu'elle n'ait pu s'en assurer, il était parti.

La salle de contrôle était une pièce étroite et insonorisée équipée de tables et d'étagères croulant sous le poids du matériel électronique. Il n'y avait qu'un seul Panasonic et Judith l'étudia longuement avant de se décider à le débrancher. Elle était en train d'ôter le panneau métallique lorsque la porte s'ouvrit soudain sous la poussée d'un homme de petite taille.

Il ressemblait étrangement à une marionnette avec son toupet de cheveux grisonnants dressé sur son crâne rose. Son visage était orné d'une épaisse moustache en broussaille et ses yeux doux et sages lui firent aussitôt penser à ceux de Fafnir. Son dos s'était courbé sous le poids des ans mais ses mains petites et carrées donnaient une impression de force. Il leva son regard bleu en direction de Judith, et un sourire de bienvenue éclaira son visage ridé.

— Fraülein Daniels, si je ne m'abuse?

Il prit sa main entre les siennes et la salua gravement.

— Nous sommes ravis de votre présence, surtout si ces machines n'ont aucun secret pour vous, comme il m'a été donné à entendre.

— Tout le plaisir est pour moi, Herr Himml et croyez que je suis la première à admirer votre génie.

Il haussa les épaules avec désinvolture.

— Appelez-moi Franz, je vous en prie. Si vous le permettez, je vais vous laisser travailler. Ces appareils me démoralisent. Soyez prudente, Fräulein Daniels!

— Judith, corrigea-t-elle machinalement. Mais pourquoi cette recommandation?

— Il y a eu...un accident. Nous ne voudrions pas qu'il vous arrive quoi que ce soit.

Il était charmant et s'il avait eu trente ans de moins et vingt centimètres de plus, Judith serait sûrement tombée amoureuse de lui.

Elle lui sourit amicalement et le rassura d'un geste.

— N'ayez crainte et prenez garde à vous, vous aussi !

— Oh ! il ne tentera rien contre moi, marmonna Franz.

Avant que Judith n'ait eu le temps de lui demander des explications, il avait quitté la pièce.

Chapitre 4

Il ne fallut pas plus de dix minutes à Judith pour extraire la bande, retirer l'étiquette qui s'était soulevée et collée sur les circuits électroniques, et remonter le moniteur vidéo. Elle avait travaillé machinalement alors que les pensées se bousculaient dans sa tête.

A qui Franz avait-il fait allusion ? Il ne tentera rien contre moi, avait-il murmuré. Qui ? Son meilleur ami ?

Elle repoussa une mèche de cheveux récalcitrante tout en s'exhortant à la prudence. Rien ne prouvait que Franz parlait de Ryan Smith.

Mais si Ryan se doutait de la raison de sa présence ou de l'amitié qui l'avait liée à Lacey, il risquait de la chasser avant qu'elle n'ait eu le temps d'établir la preuve de sa culpabilité.

Non, cette tactique ne mènerait à rien. Par contre, rien ne l'empêchait de déjeuner à la table de Franz — si tant est que Ma le lui permette. Elle pourrait le questionner discrètement et qui sait si gagné par sa confiance, il ne lui révélerait pas un détail important ?

Lorsque Judith sortit de la salle de contrôle, le second étage était désert. Il était quatre heures à peine et le silence n'était troublé que par le doux ronronnement du Roberts 450.

Un large balcon identique à celui du troisième surplombait la rivière et Judith constata avec surprise que plusieurs tables pliantes étaient poussées dans un coin, à proximité d'une pile de planches. Des chevalets en bloquaient l'entrée et de lourdes chaînes métalliques interdisaient l'accès aux portes-fenêtres.

Il ne lui fallut guère plus d'une minute pour ouvrir le cadenas avec un tournevis. Elle ôta silencieusement les chaînes et sortit sur la terrasse.

L'air était frais et humide. Elle prit plusieurs longues aspirations avant d'enjamber les chevalets. Les lambris étaient tachés en plusieurs endroits et apparemment Ryan projetait de les remplacer. Elle exerça une poussée verticale mais le sol ne fléchit pas sous son poids.

Elle se pencha par-dessus la rambarde. Loin dessous, la turbine brassait les eaux de la rivière. Si Ryan espérait qu'elle réparerait un jour cette énorme machine, il se trompait. Non pas qu'elle en soit incapable, mais pour rien au monde elle ne démonterait cette turbine qui avait eu le mauvais goût de déchiqueter le corps de son amie.

La machine n'y était pour rien, bien évidemment. Lacey avait dû tomber de ce balcon, avec ou sans l'aide de personne. Elle frissonna violemment à cette pensée.

— Que diable faites-vous là ?

Lorsqu'elle pivota dans la direction de Ryan, un faible sourire éclairait son visage.

— Je prenais l'air. Est-ce un crime ?

Elle regretta aussitôt ses paroles. Il la dévisageait

de ses yeux vert-gris impassibles mais le pli de sa bouche trahissait sa désapprobation.

— Plus maintenant, répondit-il après un long silence.

— Je vous demande pardon?

— Ce n'est plus un crime, expliqua-t-il patiemment. La police a ôté les scellés la semaine dernière mais après ce qui s'est passé, je doute que certains aient encore envie de déjeuner sur cette terrasse. Pourquoi avez-vous forcé le cadenas?

Dans le doute, elle préféra mentir.

— Il était ouvert et les chaînes étaient par terre. Je n'ai remarqué aucune pancarte signalant un danger et...

— Il n'y a aucun danger mais je ne veux personne sur cette terrasse avant que les planches n'aient été remplacées.

Judith baissa les yeux et esquissa une moue sceptique.

— Elles m'ont l'air en excellent état. Si ce sont ces taches qui vous ennuient, un mélange de cristaux oxaliques et de...

— C'est du sang.

Judith eut soudain la nausée.

— Oh, dit-elle faiblement.

— Vous vous souvenez de cette jeune fille qui est morte?

Il n'attendit pas sa réponse pour poursuivre.

— Après avoir découvert son corps, la police l'a monté ici pour procéder aux premières constatations.

— Oh, répéta-t-elle encore plus faiblement.

— Les charpentiers viennent la semaine prochaine, mais si vous tenez absolument à ôter ces taches, libre à vous!

— Non merci, répondit-elle alors que son estomac se contractait douloureusement.

— Je m'en doutais un peu. En attendant, je vous suggère de ne plus revenir sur ce balcon.

— Je...je comprends, murmura-t-elle. Vous devriez veiller à ce que le cadenas soit toujours fermé...

— J'y veillerai.

Je n'aurais pas dû agir ainsi, se reprocha Ryan. Il savait que cette conversation avait bouleversé Judith mais elle ne lui avait pas laissé le choix. Elle lui avait délibérément menti. Il avait vérifié le cadenas une demi-heure plus tôt et il était fermé!

Que cherche-t-elle à la fin? soupira-t-il. La veille, il avait passé deux coups de fil et obtenu tous les renseignements qu'il désirait sur Judith Kennedy Daniels. Le *Philadelphia Mirror* n'était pas un journal à scandales. Etait-elle venue de sa propre initiative?

La mort de Lacey Hollister avait été accidentelle. Elle n'avait rien de mystérieux ni de sinistre. Si jamais les journaux associaient son nom ou celui de sa Fabrique à un crime crapuleux, ç'en était fini de sa carrière.

Mais, bon Dieu, Lacey n'avait pas été assassinée bien qu'une demi-douzaine de personnes, et lui en premier, auraient été ravis de la réduire au silence! Il ne l'avait pas fait; personne ne l'avait fait. Elle s'était tuée bêtement en tombant d'un balcon.

Il devrait peut-être se résoudre à dissuader Judith de poursuivre son enquête.

Mais Judith était journaliste, et il connaissait la mentalité des journalistes. Il suffisait de leur interdire quelque chose pour qu'ils redoublent d'activité.

Or, il n'avait rien à cacher...du moins en ce qui concernait Lacey. Qu'elle pose donc toutes les questions qu'elle voulait, qu'elle fouille partout si telle était son envie. Tôt ou tard, elle abandonnerait faute de preuves et s'en retournerait à Philadelphie.

Comme il replaçait le cadenas, il sourit involontairement en découvrant les petites éraflures qu'elle avait laissées avec son tournevis. Il en était là de ses réflexions lorsque Micki interrompit brutalement le fil de ses pensées.

— Oh Ryan, vous êtes là ! Ma m'a chargée de vous dire que Josiah Greenfied avait appelé. Apparemment, c'est urgent !

— Mon avocat ? Que veut-il encore ?

— Je n'en ai pas la moindre idée. A propos, savez-vous où est Judith ?

— Non.

— Surveillez-la, voulez-vous ?

— Pourquoi ?

Il haussa les épaules.

— Je ne sais pas encore mais si vous découvrez quelque chose d'intéressant à son sujet, prévenez-moi !

— Je croyais que vous aviez renoncé à séduire vos employées depuis votre dernière expérience.

— Je n'ai pas changé d'avis, Micki, répondit-il. Je cherche seulement à éviter les problèmes.

— Avec Judith ?

Il hésita. Il ne se confiait pas facilement mais Micki était une personne droite et honnête.

— Vous me connaissez, Micki. Je préfère prendre mes précautions. Ouvrez l'œil ! C'est tout ce que je vous demande.

— C'est bien la première fois que je sers de baby-sitter ! répondit-elle d'un air dégoûté.

— Ma est encore là ?

— Et comment ! Elle vous attend avec impatience. Je ne sais pas pourquoi vous la gardez, Ryan. Vous ne l'aimez pas plus que nous.

— Disons que je suis un homme charmant.

— Un véritable prince, à n'en pas douter. A ce propos, je ferais mieux d'aller voir où en est votre dernière victime. Vous lui avez donné beaucoup de détails ?

— Pas vraiment mais à mon avis, elle a l'estomac fragile.

— Peut-être, répondit Micki. Peut-être...

Judith s'était abondamment rafraîchi le visage et pincé les joues mais elle était toujours aussi pâle et tremblante.

— Ah ! Vous voilà ! l'interpella Micki du pas de la porte. Ryan m'a appris que vous étiez malade. Vous êtes prête à partir ?

Judith jeta un bref coup d'œil dans le miroir et esquissa une grimace devant son air défait.

— Tout de suite. Mais autant vous prévenir : si vous fumez dans la voiture, je ne réponds pas de vos sièges en vinyle.

Micki s'apprêtait déjà à allumer la cigarette qui pendait de ses lèvres fines. Le règlement interne était formel. Les employés n'avaient le droit de fumer que dans les salles de bains ou sur le balcon. Judith s'attendait à ce que Micki l'envoie au diable mais à sa grande surprise, elle rangea sa cigarette dans un paquet froissé et acquiesça d'un hochement de tête.

— Rien que pour vous prouver que je ne suis pas celle que vous croyez !

Judith soupira de soulagement.

— Merci.

— Mais en échange, j'aurais besoin d'un renseignement, poursuivit Micki alors qu'un sourire malicieux éclairait son visage.

— Tout ce que vous voulez, accepta Judith.

— Pouvez-vous me dire pourquoi Ryan m'a chargée de vous surveiller?

Il était assis seul dans le noir. La pénombre le rassurait. Pas de regards curieux. Pas de sourires factices. Juste l'ombre protectrice et chaude comme une mère.

A quelques mètres à peine, les couleurs, les bruits se téléscopaient avec violence. Ryan avait été conquis au premier regard.

Elle avait l'air différente des autres. Elle semblait gentille et innocente, et il avait d'abord cru qu'il n'y aurait pas de problèmes.

Mais elle était comme les autres. Une mauvaise créature.

Son regard tomba sur ses mains étendues devant lui qui se fermaient et s'ouvraient convulsivement autour d'un cou imaginaire. Des mains couvertes de fourrure verte. Il ferma les yeux pour mieux s'engloutir dans la pénombre.

Chapitre 5

— Dieu qu'il fait chaud, grommela Micki en rejetant ses cheveux en arrière.

— Mettez-vous à l'ombre!

— Pour être aussi pâle que vous?

On était samedi et il était presque midi. Cinq jours s'étaient écoulés depuis que Judith s'était installée à Miller's Junction et la chaleur était toujours aussi accablante.

Alors que Micki parfaisait son bronzage, Judith installée sous un arbre, réparait une radio-cassette. Elle s'arrêta pour contempler ses jambes d'un œil critique.

— Je ne suis pas aussi blanche que vous le pensez.

Micki envoya un épais nuage de fumée dans sa direction avant de s'esclaffer:

— Pardi!

— Si vous tenez à ce que je répare votre appareil, vous auriez tout intérêt à vous montrer plus aimable, Micki.

— Vous avez aussi promis de réparer mon téléphone portatif et le broyeur de l'évier.

— Et pourquoi pas votre machine à filtrer l'air! grommela Judith en reportant toute son attention sur une petite vis.

— Si ma fumée vous dérange...

— Micki, j'adore votre fumée. Elle me permet de mieux apprécier mes poumons.

— On croirait entendre parler Ryan, répondit-elle d'un air dégoûté. Vous feriez une belle paire. Je ne connais pas pire détracteur du tabac que lui!

— Je ne pense pas.

— Quoi? Vous croyez qu'il y a pire?

— Non, je ne crois pas que nous formerions une belle paire, comme vous dites. Il vous a chargée de me surveiller et je me demande encore pourquoi.

— Vous l'ignorez vraiment?

— Je vous le répète, Micki, je ne suis pas là pour empiéter sur votre territoire! Si vous voulez Ryan Smith, je vous le laisse volontiers.

— Facile à dire... marmonna Micki. A part Eleanor Bellows, je ne connais personne qui ait vraiment bénéficié de ses faveurs.

Le tournevis glissa des mains de Judith.

— Qui est Eleanor Bellows?

— C'était sa fiancée. L'affaire remonte à quatre ou cinq ans déjà. Ils avaient acheté une maison qu'elle avait entièrement décorée. La date du mariage était fixée. Tout.

— Et que s'est-il passé?

— Eleanor a changé d'avis et a épousé un producteur de télévision comme son père. Vous avez peut-être entendu parler de J.F Bellows? C'est lui qui produit notre spectacle de marionnettes. C'est d'ailleurs au studio que Ryan avait rencontré Eleanor.

— Cette fille...qui est morte, commença Judith d'un ton prudent. Aurait-elle pu être à l'origine de leur rupture?

— Certainement pas. Ryan et Eleanor étaient séparés depuis plus d'un an lorsqu'elle est arrivée. Lacey n'a empiété sur le territoire de personne, à part le mien, répéta Micki.

— Inutile de me le rappeler. De toute façon, je ne me mêle jamais de ce qui ne me regarde pas!

— Vraiment?

C'était la voix de Fafnir qui avait posé la question et Judith ne daigna pas lever les yeux. Micki travaillait l'intonation de ses marionnettes à longueur de journée. Pour la réveiller le matin, elle adoptait la voix de Mme Rinaldi et montait des gammes à vous faire dresser les cheveux sur la tête.

— Je suis à Miller's Junction pour travailler et rien d'autre.

— Balivernes, s'esclaffa Fafnir. Comme je vous connais, vous seriez capable de me vendre le pont de Brooklyn. Otez votre masque, Princesse, et dites-moi la vrai raison de votre présence à...

— Je...

Les mots moururent sur les lèvres de Judith lorsqu'en levant la tête, elle se heurta à Ryan Smith. Ses lunettes de soleil dissimulaient complètement ses yeux.

Micki souriait béatement.

— Je me demandais si vous alliez vous apercevoir du subterfuge. Ryan est un imitateur-né. C'est presque un réflexe chez lui.

— Ne vous a-t-on jamais dit que c'était pénible? s'offusqua Judith.

— Si, répondit-il de sa voix normale. Micki m'a même conseillé de mettre des ferrailles sous mes chaussures pour prévenir de mon arrivée.

Elle baissa les yeux sur ses pieds et esquissa une moue dubitative.

— Avec des Nike, ce n'est même pas la peine d'essayer.

— C'est exactement mon avis. A propos...vous ne répondez jamais au téléphone?

— Judith n'a pas encore eu le temps de le réparer, expliqua Micki en changeant une nouvelle fois de position. Mais si vous êtes venu pour me proposer de travailler, c'est non!

— Cela tombe bien. Je venais pour Judith.

— Quelque chose est cassé? interrogea-t-elle, aussitôt sur la défensive.

— Un des moniteurs de télévision. Je crains de l'avoir traité un peu rudement.

— Je vais me changer et je suis à vous.

— C'est inutile...à moins que vous n'ayez un faible pour votre tailleur en lin! ajouta-t-il d'un ton narquois.

Elle n'avait pas besoin de regarder son visage pour deviner qu'il contemplait ses jambes largement découvertes par son short.

— Je prends mes clés et...

— Je vous conduis.

— Je préfère prendre ma voiture.

— Et moi la mienne. Je vous expliquerai ce qui s'est passé en route et nous gagnerons un temps précieux.

— Mais vous serez obligé de me raccompagner, insista-t-elle.

— Franz ou Steve peuvent vous déposer.

Elle soupira.

— Ils sont au moulin?

— Oui et vous n'avez rien à craindre de moi.

— Ce n'est pas vous qui m'inquiétez mais Fafnir.

— Billy veillera à ce qu'il obéisse, déclara Micki

en fermant les paupières. Ramenez de la bière, voulez-vous ? Et si vous êtes d'humeur, une pizza...avec beaucoup d'anchois.

— Sans anchois, corrigea Judith d'un ton ferme.

— De la bière bon marché, pas d'importation, poursuivit-elle et tant que vous y êtes plusieurs paquets de cigarettes.

— C'est hors de question.

— Je vous rembourserai.

— Judith a raison, intervint Ryan. Si vous voulez des clous pour votre cercueil, bougez ce ravissant petit corps et allez les chercher vous-même !

Micki le gratifia d'un sourire victorieux.

— Je croyais que vous ne vous en apercevriez jamais, patron !

— Pas d'employées, Micki, lui rappela-t-il d'un ton bref.

— Mmm... marmonna-t-elle en désignant Judith du menton.

— Ne vous inquiétez pas ! Je ne commets jamais deux fois la même erreur.

Judith ouvrit une nouvelle fois la bouche pour parler puis se ravisa. Elle n'avait pas pu approcher Ryan Smith de toute la semaine. C'était peut-être l'occasion d'en apprendre plus sur son compte.

— Vous êtes prête ?

Elle se força à sourire.

— Je suis prête.

Sans un mot, il fit demi-tour et ne lui donna pas d'autre choix que de le suivre à dix pas comme une femme soumise.

Elle savait déjà que Ryan Smith n'avait ni Rolls-Royce ni chauffeur et son Toyota break avait du connaître des jours meilleurs. Les sièges en vinyle étaient craquelés et ce n'est pas sans un certain amusement qu'elle le vit s'immiscer dans l'étroit habitacle de son véhicule. Il démarra en silence, le regard rivé sur la route.

Elle ne put s'empêcher d'observer ses mains sur le volant. Elles étaient magnifiques et elle s'obligea à détourner les yeux. Elle se refusait à songer à lui en tant qu'homme, du moins tant qu'elle n'aurait pas élucidé le mystère de la mort de Lacey.

Tomber amoureuse de lui à ce stade de l'enquête était prématuré. Il était vrai que sa bouche était sensuelle, ses yeux à la fois enchanteurs et énigmatiques, son sourire rare mais dévastateur et...

Elle s'agita mal à l'aise. Une chose après l'autre, se répéta-t-elle durement. Trouve d'abord comment Lacey est morte. Ensuite tu pourras tomber amoureuse, Princesse, ajouta-t-elle en imitant la voix moqueuse de Ryan.

Une fois sa décision prise, elle étendit ses jambes devant elle et se tourna vers lui.

— Etes-vous aussi charmant envers toutes vos employées ou ai-je droit à un régime de faveur?

Il souleva ses lunettes de soleil et lui décocha un rapide regard.

— Qu'est-ce que c'est encore? Les prémices d'une bataille?

— Je n'aime pas recevoir des ordres, grommela-t-elle.

— Alors ne travaillez pas. A en juger par vos vêtements, je doute que vous ayez besoin d'un emploi pour subsister. Et une voiture comme la vôtre coûte une petite fortune.

— Je l'entretiens moi-même.

— Peut-être mais les Mercedes modèle 57 sont de

véritables bijoux. Je n'ose même pas imaginer le prix des pièces détachées.

— Le salaire que vous me versez est suffisant pour couvrir toutes mes dépenses, y compris celles de mon automobile. Vous êtes mon premier patron aussi généreux. Pourquoi ? Auriez-vous des remords de conscience ?

Il s'était à nouveau réfugié derrière l'écran opaque de ses lunettes.

— De quoi devrais-je me sentir coupable, Judith ?

— De gagner trop d'argent ? suggéra-t-elle timidement.

— Nous avons plus de 927 modèles déposés de marionnettes. Les posters, les draps, la vaisselle à leur effigie ne se comptent plus. Il me semble normal de partager l'argent que tout cela rapporte entre ceux qui en sont les artisans. Est-ce ma faute si les petits Américains ont une passion immodérée pour tout ce qui est nouveau ?

Elle sursauta involontairement.

— Vous n'aimez pas les enfants ?

— Pas vraiment, répondit-il d'un ton amer.

— Mais toutes ces marionnettes qui les font rêver...

— Je les conçois d'abord pour les adultes.

Son ton cynique la bouleversa.

— Si vous êtes heureux comme ça...

— Tout à fait ! Mais si le cœur vous en dit, rien ne vous empêche de reverser votre salaire à un orphelinat ou de vendre votre Mercedes au profit des déshérités !

Elle s'apprêtait à riposter lorsqu'elle songea soudain que Ryan Smith avait peut-être été un de ces enfants malheureux. Il ne lui avait pas caché la méfiance qu'elle lui inspirait et elle aurait tort de prendre ses paroles à la lettre. La provoquait-il ouvertement pour l'amener à dévoiler son jeu?

— Pour l'instant, je préfère garder ma voiture...et mon salaire, ajouta-t-elle après réflexion.

— Je m'en doutais un peu, conclut-il en s'engageant dans le parking.

A la grande surprise de Judith, il n'y avait ni la Mazda RX-7 de Steve ni aucune autre voiture devant le moulin et elle réprima un frisson d'inquiétude.

— Vous descendez? interrogea-t-il d'un ton impatient.

Elle hésita entre verrouiller sa portière et attendre qu'on lui porte secours, ou lui emboîter le pas. Elle était plus rapide que lui mais certainement pas aussi forte...S'il lui prenait l'envie de nouer ses mains autour de son cou, elle ne donnait pas cher de sa vie.

— Ah! Vous voilà enfin, Ryan! cria Steve en apparaissant sur le seuil de la porte.

En l'apercevant, Judith bondit de son siège et se dirigea résolument vers le moulin. Elle n'avait pas fait deux pas que Ryan l'avait rejointe et arrêtée par le bras.

— Vous avez eu peur, n'est-ce pas?

— J'ai des raisons, non? se défendit-elle aussitôt.

— Lesquelles?

— Ecoutez, Ryan...Il y a un mois à peine une jeune femme est morte dans des conditions mystérieuses. C'était un samedi et l'endroit était désert. Il faudrait avoir des nerfs d'acier ou être idiote pour ne pas éprouver une certaine appréhension...

Son expression était restée imperturbable.

— Peut-être... mais ce n'est pas de la Fabrique que vous aviez peur.

— De quoi alors?

— De moi, Princesse! répondit-il en la relâchant.

Si Steve n'était pas sorti sur le perron, elle aurait certainement refusé de pénétrer à l'intérieur. Il l'avait deviné à son regard.

C'était peut-être mieux ainsi. Il ne l'aurait pas précipité du balcon comme elle le craignait mais il n'aurait peut-être pas pu résister à l'envie de la hisser sur son épaule et de la monter au dernier étage. Sa poitrine était nue sous le fin chandail et ses jambes longues le bouleversaient au point de lui faire oublier sa colère.

Ou presque...car il connaissait maintenant la raison de sa présence. Judith Daniels ne cherchait pas à faire la lumière sur la mort de son amie. Elle avait pris son parti et conclu à un assassinat délibéré. Il ne lui manquait qu'une preuve.

Il n'aurait pas souhaité être à sa place, car il le savait bien maintenant: l'attraction qu'elle exerçait sur lui était réciproque.

Quelle horreur ! Rêver de coucher avec un assassin mais somme toute, elle le méritait et il ne ferait rien pour la convaincre de son innocence, bien au contraire.

D'ailleurs, s'il la forçait à admettre la vérité, elle n'aurait d'autre choix que de partir mais tant que le doute subsisterait, la justicière qu'il devinait en elle s'accrocherait à ses basques. Devant cette alternative, il n'avait pas hésité une seule seconde. A raison ou à tort, il ne se débarrasserait pas de Judith Daniels. Du moins, pour l'instant...

L'édifice résonnait de mille bruits. Ses yeux étaient à l'affût. Un sourire cruel déformait sa bouche. La mort rôdait, prête à punir les crimes commis ou à commettre. Quelqu'un devait rendre la justice. L'attente ne serait plus très longue.

Chapitre 6

— Mmmm... Quelles jambes ravissantes ! la félicita Fafnir avec un sifflement admiratif.

Judith grimaça en reconnaissant la voix de Steve et se retint de lui répondre.

— Fafnir, mon enfant, intervint Mme Rinaldi d'un ton aigu, laisse donc cette jeune fille tranquille. Elle te dispense de tes compliments, n'est-ce pas, Judith ?

— A peu près, grommela-t-elle indistinctement.

Le personnage de Mme Rinaldi avec sa poitrine opulente et ses cheveux décolorés lui faisait penser à une bourgeoise oisive, superficielle et capricieuse, très révélatrice de l'image que Ryan Smith se faisait des femmes, ne put-elle s'empêcher de songer.

— Où est Ryan ? interrogea-t-elle en suivant le fil de ses pensées.

— Dans la cabine verte et jaune, souffla une voix amicale. Voulez-vous que je l'appelle ?

Avec sa fourrure verte et ses yeux en balles de ping-pong, l'hippopotame Harry le Hideux avait tout de suite séduit Judith.

— Non merci, Harry. Je le trouverai.

— Je suis là ! cria Ryan en surgissant de derrière un rideau.

— Je...je croyais que vous étiez Mme Rinaldi, s'étonna-t-elle en le rejoignant.

— C'était Franz, expliqua-t-il en refermant la porte sur elle.

— Et Harry?

La cabine dans laquelle elle avait pénétré était l'une des plus grandes. Trois personnages tenaient aisément sur la scène et un rideau dissimulait le marionnettiste aux yeux du public. Un petit écran lui permettait de suivre le spectacle et de régler les mouvements des poupées de chiffon avec une très grande précision.

— Encore Franz! L'hippopotame est facile à imiter mais pas la diva. Micki est la seule qui obtiennent de bons résultats avec elle et Franz est fier de son élève.

— Vous n'êtes pas le créateur de Mme Rinaldi? s'étonna Judith.

— Non. Cela vous surprend?

— Pourquoi le serais-je? se défendit-elle violemment.

— Parce que Mme Rinaldi est de loin la plus populaire des marionnettes. Il y a plus de dentifrice et de chemises de nuit à son effigie qu'à celle des autres.

— Et cela ne vous rapporte rien à vous ?

— Si.

— Alors de quoi vous plaignez-vous? répondit-elle soulagée sans vouloir se l'avouer que la désagréable cantatrice ne soit pas née de son imagination, et au lieu de bavarder, montrez-moi ce qui ne va pas dans ce moniteur pour que je puisse enfin profiter de mon week-end.

— Il n'y a pas d'image, vous voyez bien?

L'écran était noir et lorsque Judith le tapota, il bascula en arrière.

— Est-il censé bouger aussi facilement ?

— Non mais quand j'ai constaté qu'il fonctionnait mal, je l'ai frappé un peu rudement. J'ai dû le faire glisser de son support.

— Et débrancher quelques fils par la même occasion, ajouta-t-elle en hochant la tête. J'en ai pour une dizaine de minutes. Et si vous alliez boire un café en attendant ?

— Je dois m'assurer que l'écran est bien positionné.

— Vous pourrez toujours le vérifier après... Vous risquez de me gêner et...

— Ne vous occupez pas tant de moi !

Pendant une fraction de seconde, elle résista à l'envie de l'envoyer au diable, lui, ses marionnettes et son moniteur mais une fois encore, elle se ravisa.

— Dans ce cas, rendez-vous utile. J'ai besoin d'une pince à dénuder, de deux tournevis et d'une torche.

— Sur l'étagère, à votre gauche...

Elle s'agenouilla avec un soupir d'irritation. La proximité de Ryan Smith la troublait.

— Que faites-vous tous les deux ? interrogea Fafnir de l'autre bout de la pièce. Votre silence m'inquiète. Parle-moi, Billy. Ça va là-dedans ?

— Tais-toi, Faf.

C'est Ryan qui avait parlé avec la voix de Billy.

— Tu connais Judith... Elle déteste les allusions ambiguës.

— Et les attitudes ambiguës ? insista Fafnir. Allons, Billy. Envoie-la moi. J'ai de quoi l'occuper moi aussi !

A deux reprises, le tournevis glissa des mains de Judith.

— Si tu continues, elle t'arrachera la langue, prédit Billy.

— Tes menaces ne me font pas peur.

— Elle est capable de les mettre à exécution, tu sais?

— Mes enfants, mes enfants, les coupa Mme Rinaldi. Ne vous disputez pas pour elle. Judith n'est pas une mauvaise créature. C'est une dame qui mérite tout votre respect.

— Vous croyez? hésita Harry.

Il fallut quelques secondes à Judith pour comprendre que Franz jouaient simultanément les deux rôles et elle admira intérieurement son génie.

— Elle est peut-être comme les autres. Qui sait si...

Un craquement se fit entendre et soudain l'image apparut sur le moniteur. Judith avait retenu son souffle. Billy était sur scène, l'air perplexe. Des marionnettes, essaya-t-elle de se convaincre. Ce ne sont que des marionnettes...

— C'est réparé, ajouta-t-elle à haute voix.

Ryan baissa machinalement les yeux.

— Relevez un peu l'écran. Un peu plus à gauche-...Non, c'est trop. Voilà! C'est parfait...

Elle serra la vis du support et se redressa lentement. Ryan avait le regard fixé sur le moniteur et suivait attentivement les évolutions de Billy sur l'écran de contrôle.

— Quelqu'un vous raccompagnera d'ici une heure, murmura-t-il à son intention.

— Et que suis-je censée faire en attendant?

— Vous voulez discuter avec Mme Rinaldi?

— Non merci. J'ai remarqué que plusieurs ampoules étaient grillées dans la salle de repos. Je vais les remplacer.

— Comme il vous plaira...Hé, Fafnir!

Malgré l'exiguïté de la cabine, elle devait reconnaître que Ryan n'avait pas paru ému par leur proximité et elle s'en félicita intérieurement. Sa situation était déjà suffisamment compliquée sans que son suspect numéro Un ne cède à son charme. Surtout qu'elle n'aurait peut-être pas pu résister à ses avances...

La pièce où ils avaient l'habitude de se réunir était déserte, et elle se dirigea d'un pas résolu vers la terrasse. Dehors le soleil brillait dans un ciel dépourvu de nuages. C'était une journée idéale pour se promener en forêt ou lire à l'ombre d'un arbre. Pas pour élucider un meurtre...

Elle frissonna violemment à cette pensée et s'éloigna de la rambarde. Il n'y avait aucune ampoule grillée dans la salle commune mais elle n'avait trouvé que ce prétexte pour échapper momentanément à la surveillance de Ryan. Il était trop absorbé par ses marionnettes pour se soucier de ce genre de détails. Elle avait largement le temps de fouiller les armoires des employés avant qu'il ne s'inquiète de son absence.

Les placards étaient numérotés mais ne portaient aucun nom. Le premier appartenait sans conteste à une femme et à l'odeur de cigarettes froides qu'il dégageait, on pouvait facilement en déduire que c'était celui de Micki. Les quatre suivants ne présentaient aucun intérêt. Judith reconnut successivement les blousons de ses voisins, Jimmy et Malvin ainsi que le chandail de Franz encore tout imprégné de l'arôme de sa pipe et aux manches couvertes de bourres de fourrure verte. Le huitième placard était celui de Steve. Elle l'avait tout de suite deviné à l'immense fourre-tout en cuir dont il ne se séparait presque jamais. Elle l'ouvrit prestement et en extirpa une poignée de papiers couverts de dates et de chiffres d'un montant astronomique. Autant qu'elle puisse en juger, c'était des reconnaissances de dettes de jeu.

Elle en glissa une dans la poche de son short et remit tout rapidement en place avant de jeter un coup d'œil inquiet autour d'elle. La pièce était vide et elle poussa un soupir de soulagement. Etait-ce le remords qui lui donnait la désagréable impression d'être épiée ?

L'armoire de Steve était la dernière de la rangée et elle passa à la rangée suivante. Les boîtes empilées sur les placards piquèrent tout de suite sa curiosité mais elle ne pouvait pas courir le risque d'aller chercher une échelle. Elle devait attendre que Ryan s'absente pour en connaître le contenu.

Mais c'était plus facile à dire qu'à faire. Ryan ne quittait presque jamais le moulin. Elle se souvint alors que Ma avait parlé d'un rendez-vous en ville où il devait se rendre pour signer quelques papiers et rencontrer des amis.

En attendant, elle avait tout le loisir d'inspecter encore un placard. Elle tira sur la porte et fut stupéfaite de constater qu'elle était fermée à clé. Elle baissa plusieurs fois le loquet comme pour se convaincre mais sans grand résultat. C'est l'armoire de Ryan, décréta-t-elle impulsivement et s'il a éprouvé le besoin de la verrouiller, c'est parce qu'elle contient un document ou un objet compromettant. Toute à ses réflexions, elle ne prit pas garde au violent frisson qui la secoua comme pour la prévenir d'un danger.

Une odeur d'après-rasage épicé frappa soudain ses narines puis l'armoire bascula et le vide se referma autour d'elle. Une vive douleur lui déchira la tête et elle s'évanouit avec un soupir.

Où diable est-elle? se demandait Ryan.

Il entendait Fafnir et Mme Rinaldi discuter âprement. Dans la logique des choses, Billy aurait dû intervenir pour ramener l'ordre et la paix sur scène mais il s'en sentit incapable.

L'absence de Judith avait le don de le distraire autant que sa présence. Il aurait tout à fait pu se passer de ses services en ce samedi ensoleillé car il y avait plusieurs autres moniteurs à l'étage en parfait état de marche.

En fait, il aurait dû la renvoyer. Lui dire qu'il n'ignorait rien de son métier de journaliste et se débarrasser d'elle sans ménagement. S'il avait été certain de l'oublier après son départ, il n'aurait pas hésité mais c'était impossible. A quoi bon retarder l'inévitable?

Où est-elle? se répéta-t-il. Aucune ampoule n'était grillée dans la pièce commune. L'équipe chargée de l'entretien était consciencieuse et suffisamment payée pour veiller à régler ce genre de détails. Elle cherchait une excuse pour fureter. Il sortit de sa cabine, tout en écoutant les marionnettes.

Mme Rinaldi chantait une opérette de sa voix de fausset. La mélodie était signée Puccini et les paroles Lewis Carroll. Ryan eut un sourire ému. Personne, absolument personne n'était capable d'égaler le génie de Franz dans de telles occasions.

Fafnir le regardait de son œil vide. Il semblait inerte et pendant une fraction de seconde, il se demanda si Steve n'était pas parti. Mais avant qu'il n'ait eu le temps de s'en assurer, le dragon relevait vivement la tête.

— Où allez-vous, patron?

— Chercher Judith...

Mme Rinaldi s'interrompit brusquement au milieu d'un trille.

— Méfiez-vous de cette jeune femme, Ryan. Souvenez-vous de ce qui est arrivé à Lacey.

Le sourire de Ryan avait disparu. Il quitta la pièce sans un mot mais entendit la réponse de Fafnir avant que la porte à double battants ne se referme sur lui.

— Vous n'auriez pas dû lui parler ainsi, Madame. Vous savez qu'il est sensible...

Après la mort de Lacey, il avait passé une nuit entière à discuter avec Franz et Steve de ce drame. Ils avaient bu trop de bières, mangé trop de saucisses mais avaient échangé leurs opinions en toute franchise. A l'époque, aucun d'entre eux n'avait émis le moindre doute sur le caractère accidentel de la mort de Lacey.

Il donnait trop d'importance à ces bribes de conversation. Mme Rinaldi était connue pour sa jalousie et il était logique qu'elle s'en prenne à Judith. A propos, où diable pouvait-elle bien être?

Il perçut un faible bruit, une sorte de gémissement étouffé et il tendit machinalement l'oreille. Il parut s'écouler une éternité avant qu'il ne se reproduise. Lorsqu'il surgit entre les deux rangées d'armoires, Judith était assise,.à demi ensevelie sous des boîtes. Elle leva vers lui un regard à la fois douloureux et confus. Elle se tenait la tête à deux mains et il l'aida à se relever avec plus de force que nécessaire.

— Que vous est-il arrivé?

Elle vacilla sur ses jambes et serait tombée s'il ne l'avait retenue fermement.

— Je...je ne sais pas.

— Auriez-vous par hasard essayé de forcer la serrure de ce placard?

Une rougeur subite empourpra ses joues.

— Je... non, bien sûr que non! mentit-elle. Pourquoi cette question?

— Cette armoire était celle de Lacey... et je ne connais personne de plus curieux que vous!

— Vous m'accusez injustement. J'ai...j'ai plutôt l'impression d'avoir été assommée!

— Par qui? J'étais avec Franz et Steve dans l'atelier. Aucun de nous n'est sorti de la pièce. Oseriez-vous prétendre qu'un intrus se serait introduit ici, à l'insu de nous tous?

— Ridicule! Si quelqu'un m'a frappée, c'est vous! l'accusa-t-elle ouvertement.

— Dans ce cas, je vous suggère de vous éloigner de moi le plus rapidement possible car je pourrais très bien recommencer.

Judith ne bougea pas. Elle avait l'air pâle et bouleversée et il eut soudain envie de la raccompagner chez elle. Il hésita alors que le doute s'immisçait dans son esprit. Et si elle avait réellement été agressée? Et si la mort de Lacey n'était pas accidentelle?

— Que se passe-t-il? interrogea Franz en apparaissant sur le seuil de la porte. Vous êtes resté si longtemps absent, Ryan que...

— Judith a eu un petit accident.

Franz jura en allemand avant de se précipiter vers elle.

— Vous êtes blessée, fraülein? S'il le faut, je vous conduis à l'hôpital et...

— Dieu merci, elle a le crâne solide, le coupa Ryan. Je vais appeler un taxi.

— Pas question! Je la dépose chez elle. Nous devons faire très attention, Ryan.

— Vous avez raison, approuva-t-il aussitôt. Raccompagnez-la et veillez à ce qu'elle se repose. Revenez ensuite, Franz. Nous n'avons pas terminé...

Il la regarda partir avec un serrement de cœur. Il aurait voulu être à la place de Franz. Passer un bras protecteur autour de ses épaules. Mais c'était impossible. Il ne pouvait que regarder cette femme qui le croyait capable de meurtre et se haïr pour sa faiblesse.

Ce ne fut qu'après minuit que Judith se souvint brusquement du papier qu'elle avait glissé dans sa poche. Après le départ de Franz, elle s'était couchée. La maison était calme et Micki nulle part en vue. Elle avait dormi plusieurs heures.

Une douleur lancinante battait ses tempes. Elle se leva et se dirigea en titubant jusqu'au fauteuil où elle avait laissé son short. Elle plongea la main dans la poche et fut surprise de ne rien trouver. Par acquit de conscience, elle regarda par terre mais le feuillet avait bel et bien disparu et avec lui, sa première preuve. Malgré sa déception, cela la conforta dans l'idée qu'elle était sur la bonne piste.

Elle prit le fidèle bloc sténo dont elle ne se séparait jamais et alla se réfugier au salon. Si elle parvenait à ordonner ses pensées, elle aboutirait peut-être à un résultat.

Un quart d'heure plus tard, elle posait son carnet avec un soupir. Elle n'avait toujours aucune preuve pour étayer sa théorie, si ce n'était un coup de fil hystérique et... Lacey était connue pour son caractère instable et sa phobie de la persécution.

Judith savait aussi qu'elle était sujette au vertige et avait peur de la solitude. Elle ne pouvait pas avoir eu l'idée de se promener sur un balcon en pleine nuit !

Mais cela n'était pas une preuve tout comme d'ailleurs la bosse qui déformait son crâne. Et même ce papier qu'elle ne retrouvait plus, que prouvait-il ? Que Steve Linstrom était un joueur invétéré...

Elle se cala plus confortablement sur le sofa et ferma les paupières. Si au moins elle arrivait à s'endormir et à oublier les questions qui se bousculaient dans sa tête...

Dans un demi-sommeil, elle entendit la porte d'entrée tourner sur ses gonds. Elle faillit ouvrir les yeux puis se ravisa. Qui pouvait pénétrer chez Micki sur la pointe des pieds si ce n'était Micki en personne ?

Elle se redressa brusquement. Micki aurait bruyamment fait irruption dans la pièce. Elle aurait allumé la stéréo et demandé à Judith ce qu'elle faisait sur le canapé.

Les pas étouffés par le tapis s'approchaient. La

porte de la chambre de Micki s'ouvrit brutalement et un carré de lumière inonda le salon.

— Qu'est-ce que c'est? grommela Micki d'une voix rauque.

Judith se laissa glisser du canapé en réprimant un cri de douleur.

Au lieu de fuir, l'intrus alluma le plafonnier.

— Depuis quand as-tu un chien de garde, Micki? interrogea Steve.

— Que fais-tu là? répondit-elle, maussade.

— Devine!

— Retourne chez toi. Je ne suis pas d'humeur.

Comme Steve promenait un regard concupiscent sur le corps à demi nu de Judith, elle devança sa question.

— Moi non plus! Mais comment avez-vous fait pour entrer?

— J'ai les clés.

Judith se leva lentement en essayant d'ignorer les battements douloureux de sa tête.

— Je vais me coucher, annonça-t-elle faiblement.

— Je te conseille de l'imiter, ajouta Micki à l'intention de Steve. J'ai besoin de dormir pour être belle et Judith a la migraine.

Qui avait prévenu Micki de son accident? Elle était si fatiguée qu'elle n'eut pas le courage de poser sa question à voix haute.

Elle se glissa dans son lit avec un soupir de soulagement. Que faisait donc Steve ici ? Si seulement son mal de crâne pouvait disparaître...

Elle doutait qu'il ne soit venu que pour goûter aux charmes de Micki. Que cherchait-il?

Elle sombrait lentement dans le sommeil lorsqu'elle se souvint brusquement de son bloc-note frappé à l'en-tête du *Philadelphia Mirror*.

Elle repoussa ses draps avec un grognement et s'approcha silencieusement de la porte. Le salon était plongé dans la pénombre. Elle rassembla ses dernières forces pour se propulser jusqu'au canapé.

Il ne lui fallut que quelques secondes pour comprendre que son carnet et ses notes avaient à leur tour mystérieusement disparu.

Chapitre 7

Judith passa la journée du dimanche au lit en bénissant l'air conditionné et les cachets effervescents. Micki s'était montrée antipathique au possible. Phil Collins hurlait sur la chaîne stéréo, et la fumée de cigarettes s'immisçait sous la porte pourtant close de sa chambre. Encore quelques semaines et c'est fini, se promit-elle, en glissant sa tête sous l'oreiller.

Micki n'avait fait allusion à aucun carnet et Judith n'avait pas osé l'interroger à ce sujet.

Le lundi ne lui apporta aucun réconfort. La migraine s'était transformée en de sourds élancements. Le café de Micki lui donna des nausées. La Mercedes refusa de démarrer. Le réservoir des toilettes déborda et pour couronner le tout, elle constata qu'elle n'avait rien de propre à se mettre, si ce n'était un bermuda et un tee-shirt blanc trop grand.

Elle trouva Micki attablée à la cuisine, tirant sur son éternelle cigarette et plongée dans la lecture d'un hebdomadaire. Elle leva distraitement la tête vers Judith.

— Si vous êtes pressée, vous pouvez appeler un taxi, faire de l'auto-stop ou encore réparer votre véhicule, suggéra-t-elle aimablement.

— Je ne suis pas pressée, mentit-elle mais j'aurais aimé arriver avant...

Micki écrasa son mégot avec un sourire narquois.

— Vous y serez bien assez tôt. Je lisais justement un article sur la fille que vous avez remplacée...

— Intéressant? s'enquit Judith sans trahir son émotion.

— J'ai appris qu'elle était issue de la bourgeoisie de Philadelphie...comme vous. Etes-vous certaine de ne pas l'avoir connue? Elle avait à peu près votre âge, poursuivit-elle pensivement.

— Comment s'appelait-elle?

— Lacey... Lacey Hollister.

Judith feignit de réfléchir.

— Non... je ne vois pas.

Micki avala une gorgée de café tout en la surveillant attentivement du coin de l'œil.

— J'hésite à vous croire...

— Vous n'auriez pas du mal à garder vos compagnes de chambre, Micki?

A sa grande surprise, elle éclata de rire.

— Comment l'avez-vous deviné? En fait, je me demande combien de temps cela me prendra avant de vous faire craquer ?

— Je partirai quand j'en aurai envie! lui assura Judith.

— Ne pariez pas là-dessus. Vous l'ignorez peut-être mais je ne suis pas belle quand je suis en colère...

— Moi si!

— Je m'en doute, figurez-vous! Sinon, pourquoi vous détesterais-je?

— Vous me détestez? répéta Judith, incrédule.

— Simple façon de parler, corrigea Micki en se

levant. Je n'aime pas la façon dont Ryan s'est précipité ici pour prendre de vos nouvelles.

Judith dissimula sa surprise. Une chose au moins était sûre. La réaction de Micki ne s'était pas fait attendre.

— Que lui avez-vous dit?

— Qu'il fallait plus d'une bosse pour calmer vos ardeurs!

— Je vous remercie.

— Je vous en prie!

Si Ryan s'inquiétait pour sa santé, il ne donna aucune instruction en conséquence. Dès son arrivée, Ma Carter la chargea d'un classement qui aurait donné la migraine à n'importe qui. Judith remplaça ensuite les rubans de deux imprimantes et de trois machines à écrire électriques avant de règler le Roberts 450 qui fonctionnait trop bien au dire des occupants du second étage. Après avoir avalé son yaourt, elle répara une caméra vidéo, deux enregistreurs à cassettes et ce ne fut qu'en fin d'après-midi que les caprices du réfrigérateur lui donnèrent l'occasion de descendre dans la salle de repos.

Un étage au-dessous, les charpentiers remplaçaient les lattes du balcon et effaçaient les dernières traces de la mort de Lacey. Elle rassembla tout son courage avant de se diriger vers l'armoire de Steve.

La porte s'ouvrit facilement et elle fut soulagée de découvrir le fourre-tout de Steve, sagement accroché à une patère en cuivre. Elle prit une profonde inspiration et plongea résolument la main à l'intérieur.

Le sac était vide!

Pas la moindre feuille de papier et encore moins de bloc à l'en-tête du *Philadelphia Mirror*.

Un coup d'œil par-dessus son épaule et elle était déjà devant le placard qui avait appartenu à Lacey. Cette fois, aucune boîte ne menaçait de basculer à l'improviste. Elle tourna silencieusement le loquet et ne fut pas surprise de constater que l'armoire était maintenant aussi vide que l'était le sac de Steve Lindstrom.

— Vous cherchez quelque chose?

Le bruit des marteaux et des scies avaient étouffé les pas, et elle sursauta involontairement. Il ne lui aurait servi à rien de mentir, et elle soutint le regard de Ryan sans ciller.

— Je me demandais quel secret contenait cette armoire qui puisse justifier l'agression dont j'ai été victime.

— Aucun, vous le voyez bien! répondit-il en repoussant le battant de bois. Vous inventez des crimes qui n'existent pas, Princesse.

Pendant une fraction de seconde, elle eut l'impression qu'il ne faisait pas uniquement allusion à l'incident de l'avant-veille. Mais non... il ignorait sa véritable identité et la raison de sa présence. Sa remarque était purement fortuite.

— Peut-être, murmura-t-elle évasivement.

Pourquoi restait-il si près d'elle? Pourquoi était-il si grand et l'obligeait-il à hausser la tête? Elle se concentra sur ses épaules. Elles étaient larges et puissantes sous la fine chemise de toile.

Elle recula prudemment d'un pas. D'après Lacey, il n'était qu'un piètre amant mais elle eut soudain l'intuition que son amie se trompait et elle frissonna violemment à cette pensée.

Ryan resta longtemps sans bouger puis il hocha lentement la tête à plusieurs reprises.

— Ne fouillez plus dans le placard des autres, Judith ou je me verrai dans l'obligation de les en avertir.

Sur cette menace, il s'éloigna en direction de la porte et se tourna vers elle avant de quitter la pièce.

— Avant de partir, passez à l'atelier. Un des moniteurs est déréglé, l'avertit-il d'un ton froid et distant.

Dès que le battant se fut refermé sur lui, Judith s'appuya contre l'armoire la plus proche, le cœur battant. L'alerte avait été chaude. Tôt ou tard, il risquait de la reprendre sur le fait et de la renvoyer sur-le-champ. A moins qu'il n'ait tué Lacey... auquel cas, elle aurait de la chance d'en sortir vivante.

Ces sombres pensées continuèrent à hanter son esprit alors qu'elle démontait le réfrigérateur. Une lourde tension flottait dans l'air. Elle en ignorait la cause mais sur ce point, elle faisait confiance à son instinct de journaliste et elle ne quitterait pas la fabrique de marionnettes avant de savoir ce que cachaient tous ces mystères.

Lorsque Judith revint au troisième étage, il y avait encore du monde dans l'atelier. Micki était en grande conversation avec Franz. Elle lui décocha un rapide coup d'œil avant de reporter tout son attention sur son interlocuteur. Franz la salua poliment d'un hochement de tête et elle lui sourit en retour. S'il y avait une personne qui méritait sa confiance et son amitié, c'était Franz. Avec sa pipe, ses vieux chandails et sa bonhommie naturelle, il semblait taillé à l'image d'Harry le Hideux, sagement blotti sur son poing.

Steve et Ryan n'étaient nulle part en vue mais dès qu'elle pénétra dans la pièce, la tête violette et hirsute de Fafnir apparut sur scène.

— Je vois que vous avez suivi mes conseils, jubila-t-il en admirant ouvertement ses jambes nues sous le bermuda.

Elle s'approcha de la cabine, le sourcil froncé.

— Je n'avais aucune autre tenue propre, Fafnir, répondit-elle gravement.

— Je suis le premier à m'en féliciter et je languis de vous voir chez le patron, le 30 Mai. Vous porterez un bikini, n'est-ce pas?

— A condition que tu en portes un toi aussi.

Dieu merci, la conversation était plus facile qu'elle ne l'aurait cru. Elle dialoguait avec le dragon comme s'il s'agissait d'un être humain, bien qu'avec Steve, elle n'aurait pu jurer de rien.

— Pour vous, je ferais n'importe quoi. Je cracherais du feu, je terroriserais des jeunes filles célibataires, je...

— Quand en as-tu terrorisé une pour la dernière fois? demanda-t-elle, soudain en alerte.

Fafnir éclata de rire.

— Si je ne m'abuse, ce devait être en 1713... ou plutôt 1714. C'est simple, je n'en ai pas rencontrée depuis.

— Tais-toi, Fafnir! commanda Billy en surgissant à côté de lui. Je t'ai déjà dit que Judith n'aimait pas les ambiguïtés.

Steve contrefait de mieux en mieux Billy, songea-t-elle en constatant qu'il n'y avait presque aucune différence entre sa voix et celle de Ryan.

— Que sais-tu des femmes? s'insurgea Fafnir. Elle aime les allusions, n'est-ce pas, Judith?

— Les tiennes commencent à m'ennuyer, avoua-t-elle en toute franchise.

A sa grande stupéfaction, Fafnir se renversa sur le dos en affectant une mine contrite.

— Je sais, reconnut-il au comble du désespoir. Je sais mais qu'y puis-je?

Sur ces paroles sybillines, il disparut derrière le rideau.

— Ne vous inquiétez pas, Judith, la consola Billy. Il s'en remettra. Vous n'êtes coupable de rien!

Elle réprima un mouvement de surprise. Steve était plus perspicace qu'elle ne l'avait cru.

— La culpabilité est le grand défaut de l'homme, hasarda-t-elle.

— A qui le dites-vous!

Elle dévisagea Billy comme si son visage de chiffon pouvait trahir ses pensées.

— Qui se sent coupable de quoi? voulut-elle savoir.

Billy haussa les épaules avec désinvolture.

— Micki a honte de fumer et de coucher avec le premier venu. Steve a honte de jouer. Franz cache son passé. Ma se sent coupable vis-à-vis de Ryan, mais Ryan est sans nul doute celui qui se culpabilise le plus. A l'entendre, il se reproche même l'accident de Lacey.

— Comment ça? interrogea-t-elle sur le qui-vive.

— D'après lui, si la balustrade avait été plus haute, Lacey ne serait jamais tombée. C'est idiot mais les sentiments ne se commandent pas.

— Qui sait?

— Approchez-vous.

Elle s'exécuta aussitôt.

— Vous êtes capable de garder un secret?

— Naturellement, répondit-elle en baissant inconsciemment le ton.

— Fafnir n'est pas le seul à être sensible à vos charmes, lui confia-t-il timidement.

Judith se retint de rire par respect pour Billy.

— Fantasmer n'a jamais fait de mal à personne, le rassura-t-elle gentiment.

Il enfouit brusquement sa tête entre ses mains puis leva vers elle des yeux hagards.

— Mais Judith... je vous aime!

Pendant une fraction de seconde, elle resta immobile.

— Je veux être votre amant, poursuivit-il d'une voix basse et enjôleuse. Je veux embrasser vos paupières, votre nuque, votre gorge. Je veux goûter vos larmes. Je veux votre corps et votre âme, Judith. Je veux votre amour...

Avant qu'elle n'ait eu le temps de répondre, il était parti.

Il avait parlé si bas et avec tant d'émotion qu'elle en tremblait encore. Elle avait eu tort de sous-estimer Steve.

Avec un haut-le-corps, elle tourna vivement les talons et sortit de la pièce. Quelle audace! songea-t-elle avec une grimace de dégoût. Comment osait-il se cacher derrière une marionnette pour la manipuler et briser ses défenses? Il avait été prompt à vider son sac de toute preuve accablante. Est-ce lui qui avait pris le feuillet dans la poche de son short et le bloc-note à l'en-tête du *Philadelphia Mirror*? L'avait-il assommée parce qu'elle rôdait près de son placard?

Aucune de ces actions ne ressemblait pourtant à Steve et il était loin d'avoir l'étoffe d'un criminel...

Ryan non plus, songea-t-elle presque aussitôt. A propos, où était-il?

— Vous êtes prête? l'interpella Micki depuis le balcon.

— Dans une minute. Je voudrais d'abord avoir une petite conversation avec Steve.

— Ce sera difficile, répondit Micki avec une moue sceptique. Il est à Las Vegas.

Judith écarquilla les yeux sous l'effet de la surprise.

— Dans ce cas... Qui était dans sa cabine à l'instant ?

— Comment ? Vous n'avez pas deviné que c'était Ryan ?

Il n'ignorait rien.

Toutes les femmes incarnaient le mal et elle devait être punie ! Ryan était trop innocent. D'ici peu, elle introduirait de mauvaises pensées dans sa tête comme l'autre.

Le mal doit être puni par le mal, décréta-t-il en abattant son poing sur la table. Il n'y avait plus un instant à perdre.

Chapitre 8

— Préparez vos affaires, Princesse. Il nous faut près de deux heures pour nous rendre en ville et nous sommes déjà en retard.

— Je vous demande pardon ?

Judith avait partiellement démonté l'humidificateur et les pièces étaient étalées autour d'elle comme les pétales d'une fleur. Il était dix heures en ce vendredi matin et elle n'avait pas vu son employeur depuis le lundi précédent. Elle ouvrit la bouche puis se ravisa. Bien que trois jours se soient écoulés depuis la déclaration enflammée de Billy, elle aurait été incapable d'y faire allusion sans rougir.

— Quelle ville ? Et pourquoi ma présence est-elle indispensable ?

— Manhattan, répondit-il en lui ôtant un tournevis des mains.

Il l'aida à se lever et une nouvelle fois, elle résista à l'envie de lui répondre.

— Pourquoi moi ?

— J'ai besoin d'une secrétaire à qui je pourrais dicter mon courrier en route, d'une mécanicienne au cas où le Toyota tomberait en panne et d'une femme suffisamment observatrice pour noter les détails qui risqueraient de m'échapper. Pour une fois, vous pourrez utiliser votre curiosité à bon escient. Vous avez tout juste le temps de vous changer et de préparer votre sac.

— Mon sac? répéta-t-elle, incrédule.

— Nous passerons la nuit dans l'appartement de Steve.

La voix cajôleuse de Billy résonna à ses oreilles et elle frissonna involontairement.

— Steve est-il rentré de Las Vegas?

— Non, Princesse. Nous serons seuls. Vous dans la chambre et moi sur un matelas. Rien que pour vous prouver que je peux aussi être un gentleman.

— Personne d'autre ne peut vous accompagner? temporisa-t-elle. Je...

— Vous n'avez rien à craindre.

— Ce n'était pas l'avis de Billy, insista-t-elle faiblement. Il parut amusé.

— Billy et Fafnir sont des marionnettes. Cessez de tergiverser, Judith. Vous êtes mon employée et en tant que telle, vous êtes censée obéir à mes ordres.

— Et si je refuse?

— Je peux vous renvoyer.

— Le feriez-vous?

— Peut-être. Avez-vous d'autres excuses? demanda-t-il en perdant patience.

— Non, répondit-elle en se décidant brusquement. Laissez-moi simplement prévenir Micki et...

— C'est déjà fait.

Rien ne prouvait qu'il l'ait avertie et dans ce cas, personne ne saurait où elle était. Elle estima qu'elle ne pouvait pas courir ce risque.

— Je dois lui parler.

— Vous lui laisserez un mot chez elle. Allons, Princesse. Nous devons être à une heure chez le notaire. Nous nous rendrons ensuite au Metropolitan Museum et dans un club du Village.

— Pourquoi ?

— Chez le notaire pour signer des papiers. Au Musée pour y voir une exposition et au Dead End pour y assister à un spectacle et rencontrer un couple de marionnettistes. Ai-je répondu à toutes vos questions ?

— Pas encore. Qu'est-ce qui nous empêche de rentrer après ?

— Il sera tard, je serai fatigué et je refuse de vous confier le volant.

— Je conduis très bien, protesta-t-elle.

— Peut-être mais vous oubliez encore que je suis votre patron et que vous me devez au moins un semblant de déférence.

Elle se courba aussitôt devant lui.

— Oui, mon Seigneur et maître !

Cette fois, il ne répondit pas.

Ryan se retint d'écraser l'accélérateur, de peur de déclencher une nouvelle vague de protestations chez Judith.

Elle l'avait rendu fou furieux ! Pour qui se prenait-elle ? Elle le dévisageait comme s'il était Barbe-Bleue en personne et ne cachait pas la méfiance qu'il lui inspirait.

Il s'était vaguement attendu à ce qu'elle refuse sa proposition avec véhémence. Aucune des raisons qu'il avait avancées n'était réellement fondée. Sa démarche n'avait été guidée que par l'égoïsme. Il voulait l'avoir près de lui.

Depuis qu'il avait donné libre cours à ses sentiments par l'entremise de Billy, il avait délibérément cherché à l'éviter mais la tentation avait été trop forte. De guerre lasse, il avait imaginé cette courte escapade.

D'un autre côté, il n'avait que trop tardé à rencontrer son avocat. Josiah Greenfield faisait preuve d'un bon sens supérieur à la moyenne et défendait les intérêts de ses clients comme si c'était les siens. Ryan devait lui parler de l'escroquerie de Steve, de l'accident de Lacey et de la présence de Judith Daniels.

Avec le temps, les problèmes s'aplaniraient. Le souvenir de la mort de Lacey s'estomperait des mémoires et Judith comprendrait qu'il n'y avait ni crime, ni criminel. La situation de Steve était plus délicate mais pas désespérée... à moins que ce ne soit lui qui ait assommé Judith la semaine précédente.

Ryan jeta un rapide regard en direction de sa passagère récalcitrante. Elle avait tout l'air d'une princesse avec son impeccable tailleur en lin, sa coiffure nette et ses fines sandales en cuir tressé.

Ce n'était pas de la princesse qu'il était tombé amoureux. Il soupçonnait Judith de l'avoir deviné et de s'être délibérément vêtue ainsi pour lui déplaire.

— Vous n'avez pas trop chaud avec votre veste? s'enquit-il d'un ton paresseux.

— Non.

Il réprima un soupir. Elle faisait une piètre enquêtrice. Si elle s'était doutée de l'attraction qu'elle exerçait sur lui, elle aurait joué de son charme et certainement abouti à des résultats. L'indifférence voire l'animosité qu'elle affectait ne la mèneraient à rien.

Quelques minutes plus tard, il engageait sa voiture dans le garage privé de Josiah et escortait galamment Judith dans la luxueuse salle d'attente de l'avocat. Avant de pénétrer dans l'étude, il ne put s'empêcher d'admirer la façon dont elle se fondait parmi les meubles élégants. Confortablement installée sur un sofa moelleux, elle contemplait un large poster de l'hippopotame Harry le Hideux. La Fabrique rapportait beaucoup d'argent à Josiah et il ne s'en cachait pas. Une photo de Billy ornait son bureau et celle de Mme Rinaldi trônait dans les toilettes pour dames.

— Encore des problèmes ? observa Josiah de derrière sa table en chêne massif.

— Toujours des problèmes, confirma Ryan en étirant ses jambes devant lui. Je crois que Steve détourne de l'argent. Je n'en ai pas la preuve mais il est endetté jusqu'au cou et je ne serais pas surpris que Lacey l'ait aidé. Elle avait accès aux livres de comptes et aurait pu facilement falsifier les écritures.

— Pourquoi vos soupçons se portent-ils sur Steve ?

— Il joue de plus en plus gros et il couchait avec Lacey avant son accident.

— Pensez-vous qu'il ait joué un rôle dans sa mort ?

— C'était un accident, affirma Ryan d'une voix ferme et Steve était à Atlantic City lorsqu'il s'est produit. Il a un alibi.

— Pourquoi en aurait-il besoin d'un ?

— Pour l'amour du ciel, Josiah, je ne suis pas sur le banc des témoins. Combien de fois devrais-je encore vous répéter que la mort de Lacey était un accident ?

— Tant que vous n'en serez pas persuadé vous-même, Ryan...

— Allez au diable!

— Combien manque-t-il? reprit l'avocat d'un ton plus calme.

— Près de cinquante mille dollars.

Josiah siffla tout bas.

— Vous pourriez prélever les sommes détournées sur son plan d'intéressement aux bénéfices.

— Ce plan est précisément censé assurer son avenir.

— Vous n'êtes pas responsable de l'avenir de Steve, Ryan. Vous versez à vos employés un salaire bien supérieur à la normale. Vous faites plus que votre devoir. Leur bien-être moral ne vous concerne pas.

— Dans ce cas, que me conseillez-vous?

— Licenciez-le!

— C'est impossible. Il n'est pas dans mes habitudes de me débarrasser des gens au moment où ils connaissent des difficultés. D'autre part, j'ai besoin de lui. Franz assume déjà plus que sa part de travail et aucun autre marionnettiste n'est au niveau de Steve.

— Alors engagez un comptable. Epongez vos pertes et veillez à ce que pareille mésaventure ne se reproduise plus!

— Je savais que je pouvais compter sur vous, Josiah.

L'avocat eut une moue dubitative.

— A votre place, je n'aurais pas tant de scrupules, grommela-t-il. Enfin... oserais-je m'enquérir si votre visite a une quelconque relation avec la mort de cette jeune fille?

— Dans un sens, oui.

Josiah sursauta violemment.

— Le district attorney avait pourtant promis de me prévenir si...

— Pour la ville de Miller's Junction et le comté, rien n'a changé, le rassura-t-il aussitôt. La mort était accidentelle.

— Alors quel est le problème ?

— Une journaliste.

— Celle sur laquelle vous m'avez demandé d'enquêter ? Comment s'appelait-elle déjà ?

— Daniels... Judith Daniels.

— C'est exact. Elle est responsable de la section « Bricolage » au *Philadelphia Mirror*. Pourquoi vous intéresse-t-elle ?

— Elle partageait la chambre de Lacey Hollister au collège. Elle s'est présentée pour un emploi sans faire aucune allusion à son expérience de journaliste et en se gardant bien de spécifier qu'elle connaissait Lacey.

— Et je parie que vous l'avez engagée ?

— Je ne peux rien vous cacher !

Josiah soupira.

— Pouvez-vous me donner une raison, une seule pour justifier cette décision intempestive ?

— Plusieurs même. D'abord, je peux la surveiller discrètement. Plus elle fouille et plus vite elle comprendra que la mort de Lacey ne dissimule aucun mystère. Dans un sens, je lui facilite la tâche.

— Et encore ?

Ryan eut un sourire amusé.

— Elle sait réparer un système à air conditionné Roberts 450 et en règle générale, tout ce qui a un moteur.

— Est-ce tout ?

— Pas tout à fait. Elle est dans la pièce à côté.

Quand vous l'aurez vue, vous me ferez part de vos impressions.

— Vous cherchez les ennuis, Ryan.

— C'est eux qui me cherchent ! se défendit-il aussitôt.

— Alors renvoyez Steve, débarrassez-vous de cette journaliste et partez en vacances.

— Telle est mon intention, Josiah et c'est bien la raison pour laquelle j'ai besoin de Steve. Je pense pouvoir mettre mes projets à exécution d'ici l'automne.

— C'est ce que vous avez dit l'année dernière et tous les ans depuis que je vous connais.

— C'est l'idée de partir seul qui me retenait...

— Et cette fois, vous ne partiriez pas seul ? interrogea Josiah en se levant. A qui pensez-vous ? C'est une personne de ma connaissance ?

— Vous n'allez pas tarder à la rencontrer.

— Bon sang ! Ce n'est tout de même pas cette journaliste ?

Ryan se leva à son tour.

— Je n'ai jamais prétendu être doué de bon sens !

— Décidément, j'ai rarement connu quelqu'un de plus têtu que vous... Vous savez ce que vous faites au moins ?

— Non.

— Si vous l'admettez, c'est déjà bon signe. Allons donc voir cette Mata Hari des temps modernes.

Judith s'agita mal à l'aise. La pièce était pourtant claire et agréable et nul danger ne la menaçait directement. Pendant les deux heures qu'avait duré le voyage, elle avait pris des notes sous la dictée de Ryan. Il avait tracé les grandes lignes d'un futur opéra de marionnettes et à plusieurs reprises, elle s'était retenue de le féliciter ouvertement pour ses idées ingénieuses.

Le poster de Harry le Hideux avec ses yeux en balle de ping pong et sa bouche verte la troublait. Il était étrangement ridicule. Pourtant aucun photographe n'aurait réussi à donner une expression malveillante à une poupée de chiffon. Ce devait être un effet de perspective ou le résultat de son imagination.

Elle n'entendit pas la porte s'ouvrir mais un sixième sens l'avertit immédiatement de la présence de Ryan. Un homme, petit et fort, l'accompagnait.

Elle se leva alors que Josiah Greenfield la détaillait des pieds à la tête.

— Maintenant je comprends, grommela-t-il.

— Je n'en attendais pas moins de vous, répondit Ryan en procédant aux présentations.

Judith serra la main de l'avocat avec un hochement de tête poli. Elle aurait bien donné dix ans de sa vie pour savoir ce qui s'était dit entre ces quatre murs.

Ryan prit congé de Josiah Greenfield et se tourna vers elle.

— Vous êtes prête?

Cette fois encore, elle n'eut pas d'autre choix que d'obéir.

Judith s'était toujours considérée comme bonne marcheuse mais au bout de quelques mètres, Ryan l'avait déjà distancée.

— Auriez-vous l'obligeance de ralentir? le pria-t-elle d'un ton sec.

Il s'arrêta et la regarda par-dessus son épaule.

— Vous voulez prendre un taxi? Le musée n'est qu'à cinq pâtés de maisons...

— Je ne veux ni prendre un taxi ni battre un record de vitesse.

— Très bien. Flânons tout en parlant du temps.

— Et si vous m'expliquiez plutôt la raison qui vous pousse à garder une femme aussi désagréable que Ma Carter dans votre entreprise...

Sa requête fut suivie par un si long silence qu'elle crut l'avoir vexé. Il avait repris sa marche à une allure plus modérée et après une courte hésitation, elle lui emboîta le pas.

— Que vous a-t-elle fait? interrogea-t-il enfin sans quitter le trottoir des yeux.

— Personnellement rien sinon qu'elle me cantonne à des travaux de classement interminables et me prive régulièrement de la pause-déjeuner.

— Si cela vous déplaît, vous pouvez toujours partir, Princesse...

Judith retint sa respiration et compta lentement jusqu'à dix.

— Je ne me plains pas.

— Ah! Je croyais...

— Pourquoi êtes-vous si susceptible? Je vous ai simplement demandé...

— Pourquoi je m'embarrassais d'une femme aussi désagréable que Ma Carter, répéta-t-il avec une pointe de sarcasme. Et pourquoi pas? Elle n'est pas la seule...

— Vous faites allusion à Micki?

— Entre autres.

— Je suis désolée d'avoir posé cette question.

— Moi aussi.

Ils continuèrent à marcher en silence alors qu'il la

regardait à la dérobée. Au bout de quelques minutes, elle n'y tint plus.

— Sommes-nous obligés de nous battre tout le temps? demanda-t-elle enfin en l'arrêtant par le bras.

Il hésita.

— Ma Carter constitue ma seule famille ou du moins, ce qui s'en rapproche le plus. J'ai vécu chez elle de cinq à douze ans. Lorsque Pa Carter est décédé, elle s'est retrouvée dans une situation financière précaire. Je lui ai offert un emploi, un salaire décent et je ne me séparerai pas d'elle pour vous faire plaisir, conclut-il d'un air sombre.

— Je n'ai jamais rien suggéré de tel, répondit doucement Judith. Elle n'a pas d'autre famille?

— Un fils adoptif qu'elle n'a pas vu depuis plusieurs années.

— Son fils ne l'a pas aidée mais vous si! Pourquoi ne vous a-t-elle pas adopté?

Il avait pâli visiblement et elle regretta aussitôt ses paroles.

— Lorsque les Carter ont décidé d'adopter un enfant, expliqua-t-il lentement, ils ont souhaité un garçon plus jeune et plus calme que moi. Ma taille a joué en ma défaveur. Ils m'ont renvoyé à l'orphelinat et remplacé par un chérubin à tête blonde et bouclée.

— Après que vous ayez vécu sept ans chez eux?

— Presque huit!

— A votre place, je l'aurais laissée mourir de faim dans la rue! protesta Judith avec véhémence.

Il eut un sourire cynique.

— Vous n'êtes pas à ma place. Que voulez-vous? Je suis un homme d'honneur.

Judith hocha vigoureusement la tête.

— Ce n'est donc qu'une femme inoffensive et aigrie ?

— Ce n'est pas ce que j'ai dit.

Il avait repris sa marche et elle le rattrapa en deux enjambées.

— Qu'est-ce que cela signifie ?

— Rien. Mais à votre place, je me méfierais.

Chapitre 9

En cette fin d'après-midi de mai, le Metropolitan Museum était bondé. L'exposition de marionnettes occupait tout le sous-sol. D'anciens shows télévisés étaient rediffusés sur des écrans géants et les spectacles de Ryan Smith étaient parmi les plus regardés.

Judith était fascinée par Ryan qui se frayait un chemin parmi la foule en admiration devant son talent. Si Steve Lindtrom avait été là, il se serait aussitôt fait connaître et n'aurait pas ménagé ses autographes.

— Sortons d'ici ! grommela-t-il alors qu'elle s'extasiait devant une reproduction vivante des trois Déesses vertes avec leurs visages en feuilles de salade surmontés d'une touffe de luzerne. Je dois récupérer une bande vidéo à la réception.

La foule était si dense qu'ils avaient du mal à progresser et bientôt Judith se trouva coincée entre Ryan et une femme à la poitrine opulente. Il avait instinctivement posé sa main sur son bras. Personne ne pouvait bouger. Pendant plusieurs longues secondes, ils restèrent hanche contre hanche alors qu'une étrange chaleur irradiait ses membres. Elle leva les yeux vers lui, les lèvres tremblantes mais aucun son ne sortit de sa gorge contractée.

Puis soudain il y eut un mouvement, et il s'écarta d'elle, imperturbable, comme si rien ne s'était passé. Confuse, Judith glissa les mains dans les poches de sa veste et prit son tour devant le bureau de réception où les visiteurs se pressaient pour acheter des posters, des fascicules et des marionnettes à l'effigie de Fafnir, de Billy et de Mme Rinaldi. Elle jeta un œil discret sur le prix et eut un haussement de sourcils surpris.

— J'imagine que vous touchez un pourcentage sur les ventes ?

— Hum, approuva-t-il en ignorant son ton réprobateur. Mais bien inférieur à celui du Musée.

— Oh...

— Je ne suis pas le vilain que vous croyez. Je n'exploite personne, je ne mange pas les petits enfants et je n'assassine pas les jeunes femmes.

Elle sursauta involontairement.

— Je n'ai jamais rien dit de tel !

— Pas encore...

Il la poussa légèrement en avant et elle frissonna au contact de sa main sur son épaule.

— C'est votre tour.

— Oui ? demanda l'employée d'un ton impatient.

— On a dû vous laisser une bande vidéo en dépôt pour Ryan Smith.

Le visage de la jeune femme s'adoucit comme par miracle.

— Vous travaillez pour la fabrique de marionnettes ? Pour Ryan Smith en personne ?

Judith approuva d'un hochement de tête en prenant la bande VHS qu'elle lui tendait.

— Je vous envie! Est-il aussi séduisant qu'on le prétend?

Ryan s'était rapproché d'elle et elle se retint de l'éloigner d'un coup de coude.

— Je ne sais pas. Que dit-on au juste?

— Qu'il tient à la fois de Robert Redford et de Clint Eastwood. Le bruit court également qu'il a mauvais caractère et c'est la raison pour laquelle il se cacherait...

Judith eut un rire amusé.

— Beau dehors, vilain dedans! résuma-t-elle en prenant congé de l'employée.

Ryan attendit d'être dans la rue pour lui adresser des reproches:

— Pourquoi ne lui avez-vous pas révélé qui j'étais. Elle aurait jugé par elle-même!

— Rien ne vous empêchait de vous faire connaître...

— Je déteste la foule.

— Je sais et c'est justement la raison de mon silence.

Il parut surpris.

— J'ignorais que vous saviez être délicate, Princesse.

L'émotion de Judith vacilla.

— Où allons-nous maintenant? interrogea-t-elle d'un ton plus sec.

— Le spectacle au Dead End ne commence qu'à neuf heures. Donnez-moi la main, Judith et allons flâner dans Central Park comme des gens normaux. Comme des amis...

Elle n'esquissa pas le moindre geste. Ses yeux étaient solemnels, patients, à peine taquins. Il était à la fois séduisant et distant.

Le cœur battant, Judith glissa sa main dans la sienne.

— Très bien. Allons nous promener dans le parc.

— Comme des amis?

— Comme des amis, répéta-t-elle faiblement.

Elle avait été incapable de résister à l'attraction qu'il exerçait sur elle. Ryan par contre, ne semblait pas partager ses sentiments. Il s'était montré poli et courtois envers elle, comme il l'aurait été avec Micki ou son avocat. Il l'avait invitée comme il aurait invité n'importe qui à se promener, à dîner dans un sympathique restaurant de Soho ou à boire des Bloody Marys. Elle frissonna violemment au souvenir de son corps pressé contre le sien. Etait-ce en souvenir d'une même émotion que Lacey l'avait inlassablement poursuivi de ses avances?

Au Dead End, ils assistèrent à un spectacle de marionnettes donné par un jeune couple du nom de Burkholtz. Les poupées de chiffon colorées qui habillaient leurs mains comme un gant tranchaient vivement sur leurs tenues entièrement noires. Aucun rideau ne les cachait et à aucun instant, ils n'eurent recours à des procédés de ventriloque.

A la fin de la séance, ils s'approchèrent timidement de celui qu'ils considéraient comme leur maître. L'honneur que leur faisait Ryan Smith en les recevant à sa table se lisaient sur leurs visages empreints d'appréhension.

Et une fois encore, Ryan surprit Judith. Il leur offrit à boire, les félicita et leur suggéra quelques idées avec un tact dont elle l'aurait cru incapable.

Une demi-heure plus tard, ils partaient et Judith dut presque courir pour le rattraper.

— Ils sont bons, n'est-ce pas? interrogea-t-elle dès qu'il adopta une allure raisonnable.

— Très bons.

— Alors où est le problème?

Il s'arrêta brusquement, ignorant les protestations des passants qui encombraient encore le trottoir à minuit.

— Avec les Burkholtz? Nulle part... Je serais même ravi qu'ils acceptent de se joindre à notre équipe.

— Dans ce cas, où allez-vous si vite?

Il lui sourit et une étrange émotion s'empara d'elle.

— Chez Steve...

— Vous me semblez bien pressé.

— Je suis fatigué, Judith. Qu'espériez-vous?

— Personnellement rien! se défendit-elle un peu trop violemment, sinon une bonne nuit de sommeil.

— Je ne puis malheureusement pas vous la garantir. L'appartement de Steve est dans l'une des rues les plus bruyantes de Soho. C'est d'ailleurs la raison pour laquelle il y vient rarement.

— Pourquoi garde-t-il ce pied-à-terre?

Ryan haussa les épaules avec désinvolture.

— Le loyer n'est pas très élevé. Il s'y réfugie lorsque la banlieue commence à lui peser et il me le prête au cas où je voudrais inviter une de mes conquêtes.

— C'est déjà arrivé?

Il éclata de rire.

— Ce n'est pas à proprement parler le lieu le plus romantique que je connaisse!

Sur ce point, il n'avait pas tort. L'appartement était perché au quatrième étage d'un vieil immeuble et une désagréable odeur de chou froid flottait dans l'escalier.

Le logement ne valait guère mieux. Il se composait de trois pièces, chichement meublées. Des matelas recouverts d'étoffes indiennes gisaient çà et là. La chambre par contre renfermait un lit aux dimensions impressionnantes et les masques africains qui ornaient les murs n'inspirèrent guère confiance à Judith.

— Pas d'air conditionné, expliqua Ryan qui l'avait suivie. Vous avez le choix entre ouvrir la fenêtre et souffrir du bruit ou la fermer au risque de suffoquer.

— Mmm... à quelle heure voulez-vous partir demain matin?

— Dès que vous serez levée.

Il n'avait pas bougé. Il aurait suffi qu'elle tende la main pour le toucher. Les Bloody Marys commençaient à lui tourner la tête et elle résista à l'envie de glisser ses bras autour de son cou et de presser sa bouche sur la sienne.

Elle s'efforça de chasser cette pensée de son esprit.

— A demain matin, donc...

Il parut hésiter alors qu'un faible sourire éclairait son visage.

— A demain, dit-il enfin avant de sortir de la pièce.

Judith se changea, procéda à une rapide toilette et se glissa voluptueusement dans les draps de satin, vaincue par la fatigue.

Mais contre toute attente, elle ne parvint pas à dormir. Des rais de lumière dansaient au plafond et les bruits de la rue résonnaient étrangement à ses oreilles. Longtemps, elle écouta les pas étouffés de Ryan de l'autre côté de la porte close.

Elle sombra enfin dans un sommeil agité et se

réveilla en sursaut alors que la silhouette menaçante de Harry le Hideux se penchait vers elle. Ses mains de fourrure se tendaient vers son cou, il...

— Réveillez-vous, Judith.

Ryan était assis sur son lit, les bras de chaque côté de son corps tremblant.

— Vous avez fait un cauchemar. Réveillez-vous!

Il avait allumé la lumière. L'ampoule qui pendait du plafond éclairait faiblement la pièce mais elle comprit tout de suite qu'il n'avait nullement l'intention de l'étrangler.

Il ne portait que son jeans. Sa poitrine et ses bras étaient nus mais ses yeux le trahirent. Il la désirait autant qu'elle le désirait. Une étrange tension flottait dans la chambre. Seuls, quelques centimètres les séparaient et sous le coup de l'émotion, Judith retint sa respiration.

Puis il se leva si vite qu'elle crut avoir imaginé la scène qui venait de se dérouler.

— Ça va mieux? interrogea-t-il d'une voix sourde.

— Oui...

— Essayez de vous rendormir. Voulez-vous que je laisse la lumière?

— S'il vous plaît.

La porte se referma silencieusement derrière lui alors qu'elle luttait contre le désir qu'il avait fait naître en elle. Comment pouvait-il être aussi insensible?

Elle s'agita mal à l'aise au souvenir de la lueur qui avait brillé dans ses yeux. Qu'il aille au diable! grommela-t-elle en sortant du lit. Comment un homme capable de meurtre pouvait-il l'attirer à ce point?

La réponse s'imposa soudain à son esprit avec une

clarté qui la fit frissonner. C'était tout simplement impossible. Ryan Smith n'avait pas tué Lacey et dans ce cas...

Elle s'approcha pensivement de la fenêtre et observa les premières lueurs de l'aube. La température avait fraîchi mais d'ici quelques heures, la chaleur s'abattrait implacablement sur la ville.

Elle retournait vers le lit lorsque son pied nu se posa sur un objet dur. Elle se baissa pour le ramasser et resta longtemps interdite. Une boucle d'oreille en argent. La forme très spéciale lui était vaguement familière. La dernière fois qu'elle avait vu ce bijou... c'était à l'oreille de Lacey.

Judith ferma lentement le poing. Ce serait si facile d'inculper Steve. Les circonstances plaidaient contre lui et il aurait fait un parfait bouc émissaire. Mais malgré cette nouvelle preuve, elle ne put se résoudre à le considérer comme un assassin, ce qui la ramenait automatiquement à son point de départ... c'est-à-dire Ryan Smith.

Il n'oubliait pas. Le mal rôdait toujours et il devait la punir comme les autres. La mort la purifierait à tout jamais et son âme connaîtrait enfin la paix.

Ses yeux en balles de ping-pong fouillèrent la pénombre. On le prenait pour un monstre. Un sympathique monstre de fourrure. Mais il n'était pas un monstre. Il était le bras vengeur de la Justice. L'hippopotame Harry le Hideux attendait dans le noir.

Un noir chaud et humide. Protecteur...

Ils partirent tôt le lendemain matin. Ryan semblait plongé dans ses pensées. Il répondit à peine à Judith et devant sa réticence, elle n'essaya pas de relancer la conversation.

La boucle d'oreille enfouie dans la poche de son pantalon lui brûlait la cuisse. Apparemment, Lacey était passée du lit de Ryan à celui de Steve, ce qui compliquait étrangement la situation.

Steve se serait-il débarrassé d'une maîtresse encombrante? A moins que ce ne soit Ryan? Lacey avait-elle été assassinée ou était-elle tombée accidentellement?

Des années de vie commune avec Lacey la poussaient à rejeter cette dernière hypothèse. C'était tout simplement impossible.

Judith jeta un regard discret en direction de Ryan. Il avait remis ses lunettes noires pour se protéger du soleil. Ses mains, larges et solides étaient crispées sur le volant. Des mains magnifiques.

Elle se cala plus confortablement dans son siège, avec un soupir satisfait. Malgré ses doutes et le silence de son voisin, elle n'aurait voulu être nulle part ailleurs. Elle ferma les paupières et s'endormit, bercée par le ronronnement du moteur.

Ryan réfléchissait. S'il avait une once de bon sens, il suivrait les conseils de Josiah et chasserait Judith à la fois de la Fabrique et de sa vie. Cette jeune femme qui le soupçonnait d'avoir tué sa meilleure amie l'obsédait. Il avait commis des erreurs dans sa vie mais tomber amoureux de Judith était sans conteste la plus monumentale.

Ses mâchoires se durcirent et il appuya nerveusement sur l'accélérateur.

Lorsqu'ils arrivèrent à Miller's Junction, deux heures plus tard, Judith n'était pas d'humeur à travailler. A part Ma et Bessie, tout le monde quittait la Fabrique le vendredi en fin de matinée et elle savait qu'elle n'avait pas le choix sinon de les rejoindre dans le bureau qu'elles partageaient bon gré mal gré.

Si Judith avait éprouvé une certaine hostilité envers Ma, ce n'était rien comparé aux sentiments qui l'animèrent lorsqu'elle se retrouva en face de celle qui avait lâchement renvoyé un enfant de douze ans dans un orphelinat.

Ma l'accueillit d'un air dédaigneux.

— Rentrez chez vous. Personne n'a besoin de vous ici !

Bessie leva la tête de son ordinateur.

— Et... et le message ? interrogea-t-elle d'une voix plaintive.

— Comment voulez-vous qu'elle travaille dans cette tenue ? rétorqua Ma d'un ton revêche. De plus...

— Quel message ? la coupa Judith.

— Un des interrupteurs du sous-sol est cassé mais il peut attendre. Vous risqueriez de salir votre belle tenue.

— Je vais le réparer.

— Je vous ai dit que cela pouvait attendre.

— Je vais le réparer, s'obstina Judith. Qui vous a avertie ?

— Je ne sais pas, grommela Ma en se détournant.

Judith n'aimait pas le sous-sol. Elle s'arrêta au second étage pour prendre quelques outils et poursuivit sa descente. Ses talons hauts résonnaient étrangement dans le silence.

Dieu qu'elle détestait ce sous-sol. Les silhouettes des marionnettes et des costumes périmés formaient des ombres mouvantes sur les murs. Le premier interrupteur fonctionnait parfaitement malgré le nombre impressionnant d'ampoules grillées. Judith fronça imperceptiblement les sourcils, étonnée que ce détail ait échappé à l'attention de l'équipe de maintenance.

Avec un haussement désabusé des épaules, elle progressa en direction du fond de la pièce. Il faisait de plus en plus noir et au contact du sol en béton, ses chaussures de cuir rendaient un son étouffé qui semblait se répercuter à l'infini.

Elle aurait dû apporter une torche. La lumière était si faible que c'est à peine si elle discernait le second interrupteur. La plaque de protection était à moitié arrachée et elle tendait déjà la main vers le bouton lorsqu'elle s'arrêta à mi-chemin comme mûe par un pressentiment.

Elle baissa les yeux. Ses pieds baignaient dans une flaque d'eau dont la présence était inexplicable. Elle inspecta ensuite l'interrupteur de plus près et sursauta violemment en constatant que les fils avaient été dénudés et affleuraient la paroi du mur. Ses chaussures en cuir ne l'auraient guère isolée du choc électrique. La décharge n'aurait pas été mortelle mais suffisante en tout cas pour la secouer. La panique s'empara d'elle.

Il devait pourtant y avoir une explication logique. La plaque avait pu être cassée par accident, même si elle avait l'air d'avoir été fracassée à coups de marteau. Quelqu'un devait savoir pourquoi l'eau s'était accumulée à cet endroit plutôt qu'à un autre.

Elle tremblait tellement que ses jambes se dérobaient sous elle. Elle devait fuir ce sous-sol où personne ne pénétrait jamais. Lundi, elle réparerait cet interrupteur après s'être munie de gants et de chaussures isolantes.

Mais dès la première heure, elle harcèlerait Ma pour savoir qui l'avait avertie et qui avait, consciemment ou inconsciemment, souhaité sa mort.

Il la regarda partir. Elle avait fait preuve d'intelligence. Ce ne devait être qu'un avertissement, une menace mais elle avait su éviter le piège.

La prochaine fois, il veillerait à ce qu'il en soit différemment.

Chapitre 10

La température battit tous les records pendant le mois de mai et en particulier dans le nord-est où la chaleur modifia gravement le comportement des gens. Excédés, des maris battaient leurs femmes, des maîtresses tuaient leurs amants... Le taux de criminalité augmenta de vingt-cinq pour cent et la vente d'armes doubla.

Qu'un individu ait suffisamment d'énergie pour assassiner son prochain dépassait l'entendement de Judith. Mais tous les goûts sont dans la nature et elle commença à fuir le salon où Micki passait des heures à se complaire dans la violence devant la télévision. Malgré ses précautions, elle ne put échapper à certaines horreurs — le rapt d'un enfant, l'incendie qui avait ravagé un immeuble et fait trente-trois victimes, la jeune femme que l'on avait retrouvée étranglée dans une carrière désaffectée.

La chaîne favorite de Micki semblait se délecter de ce dernier drame et les journalistes ne leur épargnèrent aucun détail. L'innocente victime était vêtue d'un short et d'un débardeur. Des brins de laine verte sous ses ongles prouvaient qu'elle avait chèrement défendu sa vie avant de succomber à son agresseur.

Ecœurée par cette morbidité, Judith s'était réfugiée dans sa chambre. Elle sursauta devant l'image que lui renvoya son miroir. Des cernes sombres soulignaient ses yeux, sa bouche était pâle et tremblante.

L'incident de l'interrupteur l'avait profondément bouleversée. Elle y avait pensé et repensé pendant tout le week-end. Elle avait hésité entre prévenir la police et se confier à Ryan. Le lundi matin, elle avait traînée Micki dans le sous-sol sous un quelconque prétexte et constaté avec effarement que la dalle était sèche et l'interrupteur en parfait état.

Comme elle s'y attendait vaguement, personne n'avait signalé un interrupteur défaillant. Elle décida de redoubler de prudence.

Le Memorial Day arriva enfin. Fidèle à ses habitudes, Ryan Smith avait cette année encore invité tout son personnel à un barbecue chez lui.

La vaste bâtisse de style colonial entourée d'impeccables plates-bandes et aux pièces uniformément recouvertes de moquettes bleu avait surpris Judith. La décoration intérieure était l'œuvre d'un professionnel et elle se souvint que Micki avait vaguement fait allusion à l'ancienne fiancée de Ryan à ce sujet. La maison était vraisemblablement à son image. Ryan aurait choisi des teintes plus discrètes et créé une ambiance plus intime.

— Judith ! s'exclama Steve en apparaissant près d'elle. Vous voilà enfin... J'espère que ce short cache un ravissant bikini.

— Pas précisément.

Il eut un hochement de tête désapprobateur. Le minuscule triangle de tissu noir qui lui servait de maillot mettait en valeur son corps musclé et bronzé, et un sourire éclatant éclairait son visage. Dans son genre, il était très séduisant.

— Vous êtes-vous amusé à Atlantic City ? demanda-t-elle, intérieurement ravie de voir son sourire s'estomper.

Dès son retour de Las Vegas, Steve avait accumulé les heures supplémentaires puis s'était envolé pour Atlantic City en promettant à Ryan d'être là pour le pique-nique et s'il avait tenu sa promesse, c'est qu'il avait perdu autant dans le New Jersey que dans le Nevada quelques jours plus tôt.

— Pas autant que je l'aurais cru, admit-il, par contre, je regrette de n'avoir pas été là le jour où vous avez dormi dans mon appartement... Ryan n'est pas toujours drôle. J'aurais aimé vous tenir compagnie. Les draps sentaient encore la violette... comme vous Judith.

— Vous m'en voyez désolée.

— Au contraire, ce parfum était divin et pour tout vous avouer diablement excitant. C'est d'ailleurs l'effet que vous me produisez depuis notre première rencontre.

Elle baissa ostensiblement les yeux sur son maillot et eut une moue dubitative.

— Vraiment ? Je ne l'avais pas remarqué...

Sur ces mots, elle s'éloigna à grands pas tout en ôtant son tee-shirt.

Elle portait un maillot une-pièce noir qui épousait parfaitement les courbes harmonieuses de son corps tout en restant pudique. Elle enleva ensuite son short qu'elle déposa sur une chaise longue et se dirigea vers les eaux limpides de la piscine.

De l'autre côté du bassin, Ryan discutait avec

Franz, les yeux rivés sur elle et elle frissonna involontairement sous l'intensité de son regard. Il était vêtu en kaki et sa chemise découvrait largement sa poitrine.

Elle prit son élan et plongea dans l'eau fraîche. Lorsqu'elle remonta à la surface après plusieurs brasses puissantes, Ryan avait disparu. Un apprenti marionnettiste l'aspergea amicalement, elle lui rendit la pareille et chassa Ryan de son esprit ou du moins essaya.

Le regard qu'il venait de lui décocher aurait dissipé ses doutes si elle en avait encore eus. Le désir qu'elle y avait lu était aussi violent et exclusif que celui qu'elle nourrissait à son égard.

Elle sortit de l'eau et s'apprêtait à partir à sa recherche lorsque la vue de Ma l'en dissuada. Elle surveillait jalousement le barbecue, le visage à demi caché par une visière en plastique rose. Son chemisier en coton était boutonné jusqu'au cou, sa jupe en toile lui battait les mollets et pour honorer son hôte, elle avait peint ses lèvres en orange.

Devant l'hésitation de Judith, Franz s'était silencieusement approché d'elle.

— Comment va cette tête, fraülein? Aucune séquelle?

— Aucune séquelle, répondit-elle avec un sourire.

Le vieil homme était la seule personne pour laquelle elle éprouvait une sincère amitié bien qu'elle n'ait guère eu l'occasion de bavarder avec lui.

— Cela aurait pu être pire, déclara-t-il gravement en s'asseyant sur le bras d'un fauteuil.

Il s'épongea fébrilement le front avec un mouchoir.

— Vous ne nagez pas par cette chaleur? s'enquit Judith.

— Je dois avouer qu'il ne m'a jamais été donné d'apprendre. De plus, je voulais vous parler en privé.

— En privé? s'étonna-t-elle.

Se pouvait-il que cet homme discret ait été l'involontaire témoin d'un drame?

— Soyez prudente, Judith, poursuivit-il d'une voix teintée d'un fort accent allemand. Votre place n'est pas parmi les moteurs, l'huile et la saleté...

— Ce métier me plaît, lui assura-t-elle.

Franz ne parut pas convaincu.

— Vous n'appartenez pas à ce monde, fraülein. Vous appartenez à la ville, aux jeunes gens de votre âge.

— Steve a mon âge!

— Il n'est pas plus de votre milieu que Jimmy, Melvin ou Ryan. Vous êtes belle et intelligente, Judith. Vous méritez de vous marier, de fonder un foyer et ce n'est pas ici que vous trouverez l'homme de votre vie.

— Mais Ryan...

— Vous n'avez aucune chance avec Ryan et vous le savez aussi bien que moi. La vie est trop courte pour être gâchée. Réfléchissez-y, Judith!

Des milliers de questions se bousculaient dans sa tête mais elle n'osa pas les formuler à voix haute.

— J'y réfléchirai, lui promit-elle.

Il tapota amicalement sa main.

— Je n'en attendais pas moins de vous.

Elle le regarda pensivement s'éloigner en direction de la maison. On le trouverait certainement dans quelques heures, discutant marionnettes avec Ryan, loin du bruit et de l'agitation qui régnaient autour de la piscine.

Elle s'installa sur une chaise longue, décidée à

contempler le spectacle qui se déroulait autour d'elle, derrière l'écran protecteur de ses lunettes.

Micki paradait au milieu d'un cercle d'hommes. Elle avait revêtu le minuscule morceau de tissu fluorescent qui lui servait de bikini et devant lequel Steve béait ouvertement d'admiration. Elle avait l'air de beaucoup s'amuser. Rien d'intéressant de ce côté, songea Judith, à moins que Micki n'ait été jalouse de Lacey. Mais elle n'avait pas l'âme d'une meurtrière. Elle était capable de griffer, de crier mais pas de tuer.

— Vous passez une bonne journée, Miss Daniels? demanda une voix familière.

Josiah Greenfield venait de prendre place près d'elle. L'avocat portait un maillot un peu plus décent que celui de Steve et son corps solide et trapu était uniformément bronzé.

— Excellente, mais j'ignorais que vous étiez des nôtres!

— Je ne refuse jamais les invitations de Ryan. A propos, êtes-vous satisfaite de votre emploi? Avez-vous obtenu des résultats?

Judith fut aussitôt sur la défensive.

— Quel poste croyez-vous que j'occupe, Monsieur Greenfield?

— Appelez-moi Josiah, je vous en prie et je serais, ma foi, fort embarrassé pour vous répondre. Autant que je puisse en juger, vous pourriez être secrétaire... ou dialoguiste. Je vous imagine tout à fait un crayon à la main.

Judith se força à sourire.

— Je crains de vous décevoir car je suis définitivement une manuelle. Je répare tout — depuis les systèmes d'air conditionné jusqu'au matériel vidéo en passant par les Toyotas... et les interrupteurs électriques, ajouta-t-elle silencieusement.

— Comme c'est bizarre... D'où me vient cette impression que vous êtes faite pour écrire ?

— De Ryan ? suggéra-t-elle, mal à l'aise.

— J'en doute. Je dois plutôt vous confondre avec quelqu'un d'autre.

Tout en bavardant, Josiah avait le regard fixé sur Micki — un regard aussi intense que celui dont Ryan avait gratifié Judith quelques minutes auparavant. Micki qui repérait les hommes à des miles à la ronde ignorait ostensiblement Josiah. De plus en plus curieux, songea Judith.

— Micki m'a l'air d'obtenir un joli succès, hasarda-t-elle.

— Tout à fait, acquiesça l'avocat en se levant et je manquerais à tous mes devoirs si je n'allais pas la saluer de ce pas.

Micki jeta un rapide coup d'œil à son nouvel admirateur avant de reporter toute son attention sur Steve.

La température, déjà élevée, monta encore de plusieurs degrés après le déjeuner et Judith passa l'après-midi entre la piscine et sa chaise longue d'où elle pouvait voir sans paraître indiscrète. Elle but modérément tout en surveillant Ryan qui la fuyait ostensiblement.

Son comportement ne tarda pas d'ailleurs à faire germer une idée dans sa tête. Personne ne s'étonnerait qu'un séjour prolongé au soleil lui ait donné la migraine au point d'avoir besoin d'une aspirine. Personne ne s'étonnerait non plus qu'elle ne la trouve pas tout de suite dans ce dédale de couloirs et de pièces qui lui était inconnu... Et qui sait si sa quête aveugle ne lui fournirait pas la preuve qu'elle cherchait ?

Elle se leva sous l'œil vigilant de Ma. Ryan la vit aussi pénétrer dans la maison et comme elle s'y attendait, il partit dans la direction diamétralement opposée.

Elle avait à peine posé le pied sur la première marche qu'une solide poigne l'arrêta par le bras.

— Où allez-vous ? demanda Ma.

— J'ai mal à la tête, expliqua-t-elle brièvement et j'avais l'intention de m'allonger pendant...

— Rentrez chez vous !

— Je vous assure que dans un quart d'heure, il n'y paraîtra plus.

— Rentrez chez vous ! répéta Ma à voix basse.

— Vous voyez bien que je suis incapable de conduire.

— Dans ce cas, rien ne sert de vous reposer. Rentrez chez vous et ne revenez pas.

Les doigts de Ma s'enfonçaient douloureusement dans son bras et Judith perdit soudain patience.

— Allez au diable, Ma !

Elle s'arracha à son étreinte et poursuivit son ascension sans un regard vers l'arrière.

Une fois hors de vue, elle s'adossa à un mur, le souffle court. Si elle avait eu un quelconque doute, il était dissipé. Ma était son ennemie déclarée.

Elle haussa les épaules avec fatalisme. Elle n'avait rien appris qu'elle ne sut déjà mais Ma risquait de prévenir Ryan.

Elle pénétra successivement dans trois chambres vides. Ou Ryan avait une femme de ménage maniaque ou personne n'avait jamais couché dans ces lits. Instinctivement, elle pencha pour la seconde alternative.

La dernière porte au fond du couloir devait être sa chambre. Elle y trouverait inmanquablement des renseignements sur la personnalité de son occupant.

Pendant une fraction de seconde, elle hésita. C'était sans conteste la chambre de Ryan mais la moquette était impeccable... sans le moindre grain de poussière ou de sable comme si personne ne l'avait jamais foulée. Pas un pli ne froissait le couvre-lit. Les boutons en cuivre des placards ne portaient aucune empreinte visible de doigts. Si Ryan Smith vivait dans cette luxueuse suite, il ne touchait à rien.

Les placards regorgeaient de vêtements. Des costumes et même deux smokings taillés sur mesure pour un homme grand et mince. Ils semblaient n'avoir jamais été portés. Elle se baissa pour prendre une élégante paire de chaussures en cuir. Pas une trace sous les semelles.

L'inspection de la salle de bain lui donna la même impression. Aucune goutte d'eau ne traînait sur l'impeccable porcelaine noire du lavabo et de la douche.

Judith ouvrit machinalement l'armoire à pharmacie et reçut un nouveau choc à la vue de la pile de remèdes et de fioles qu'elle contenait. Quel mystère cachait Ryan Smith ? Pourquoi achetait-il des médicaments si ce n'était pour se soigner?

Elle tendit la main vers un flacon de Motril. L'étiquette prouvait qu'il datait de moins de trois mois. Elle l'ouvrit et la renifla d'un air suspicieux.

— Vous vous amusez?

Le flacon lui glissa des doigts et les pastilles orange se répandirent bruyamment dans le lavabo. Ryan Smith se tenait sur le seuil et lui bloquait le passage. D'un seul coup d'œil, elle constata que la porte de la chambre était fermée. Aucun témoin...

Elle commença à ramasser les cachets pour se donner une contenance.

— J'ai la migraine et je cherchais quelque chose qui puisse me soulager.

— Apparemment, vous avez trouvé... Mais vous auriez pu utiliser la salle de bains du rez-de-chaussée. Elle contient du Tylenol, de l'aspirine et tout ce dont vous auriez pu avoir besoin.

— Je... la tête me tournait et j'ai pensé que si je m'allongeais...

Sa main s'abattit brusquement sur son poignet.

— Avant de monter, vous avez oublié de vous sécher les pieds, Judith. Vous avez pénétré dans toutes les chambres.

— Vous connaissez l'histoire de Boucle d'or et des trois ours? Le premier lit était trop mou, le second trop dur, le troisième...

— Je ne suis pas d'humeur à plaisanter!

Elle baissa les yeux.

— Je... je suis désolée. Je n'avais nullement l'intention de violer votre intimité.

— Vous avez laissé la porte du placard ouverte. Vous fouillez dans ma pharmacie. Je veux savoir pourquoi?

Il la toisa de toute sa hauteur d'un air menaçant et elle releva lentement la tête dans sa direction.

— Je suppose qu'il est inutile de mentir.

Il y avait de la colère, de la surprise mais aussi du désir dans son regard implacable et elle frissonna malgré elle.

— C'est aussi mon avis.

— Je suis curieuse de nature... voilà tout!

— Vraiment ?

— Oui. Je suis du genre à ouvrir la porte d'un réfrigérateur pour voir ce qu'il contient. Je lis les lettres qui traînent. J'écoute les conversations téléphoniques. Je n'en suis pas fière mais je ne fais rien de mal... à moins que quelqu'un n'ait quelque chose à cacher.

Il continuait à la fixer, une expression indéchiffrable sur son visage. Croyait-il à son histoire, somme toute assez proche de la réalité ? Impossible d'en avoir la certitude.

— Je manque sûrement d'originalité, répondit-il enfin d'une voix basse, mais il ne faut pas réveiller le chat qui dort.

— Est-ce une menace ?

— Un avertissement, Princesse.

Chapitre 11

Quand elle constata que la porte de la chambre était verrouillée et que la clé n'était pas dans la serrure, la panique s'empara d'elle. Elle hésita entre crier à l'aide ou se ruer sur Ryan Smith mais un seul coup d'œil à son ravisseur l'en dissuada.

Elle rassembla son courage et se tourna lentement vers lui.

— N'est-ce pas... exagéré?

A sa grande consternation, il éclata de rire.

— Ne me dites pas que c'est la première fois que vous êtes surprise en flagrant délit d'espionnage!

Il s'allongea sur le lit, ce qui eut pour effet de le rendre à la fois plus petit et plus... accueillant.

Judith s'agita mal à l'aise.

— Pourquoi m'avez-vous suivie? se défendit-elle violemment. Vous m'avez délibérément évitée pendant toute la semaine. En pénétrant dans la maison, je vous ai vu partir dans la direction opposée.

Il n'essaya pas de nier l'évidence.

— C'est exact mais votre absence prolongée a éveillé ma curiosité et j'ai voulu m'assurer que vous ne voliez pas l'argenterie. Tout compte fait, je sais très peu de choses de vous. Vous ne travaillez pour moi que depuis deux semaines et je ne me suis pas donné la peine de vérifier vos références... ce en quoi, j'ai peut-être eu tort.

— Elles étaient excellentes.

— Je dois le reconnaître. Approchez-vous, Judith.

Son ordre la prit totalement au dépourvu.

— Co... comment?

— Approchez-vous, répéta-t-il patiemment.

Comme elle hésitait, il désigna une chaise.

— Asseyez-vous là pour que nous puissions discuter.

— Discuter?

— Je vous propose un marché. Vous me posez une question à laquelle je réponds mais vous devez à votre tour répondre à la mienne.

— A quoi servirait-il de se mentir mutuellement? observa-t-elle en s'installant dans un fauteuil club.

— A rien et c'est la raison pour laquelle chacun de nous s'engage à répondre en toute franchise. Une vérité contre une autre. Reconnaissez que c'est honnête.

— C'est honnête, acquiesça-t-elle faiblement.

Elle savait que Ryan ne mentirait pas mais quelle question pourrait-elle lui poser?

— Vous d'abord, temporisa-t-elle.

— Voulez-vous coucher avec moi?

Elle le regarda, interloquée. Pourquoi cette question ? N'importe qui se serait étonné qu'elle ait posé sa candidature à la Fabrique ou de l'intérêt qu'elle manifestait à chaque fois que le nom de Lacey était prononcé. Il l'avait surprise en train de rôder à plusieurs reprises et il savait qu'elle allait répondre par l'affirmative...

— Non.

— Une vérité contre une vérité, lui rappela-t-il.

— Pourquoi avez-vous choisi cette question?

— Je connais la réponse à toutes les autres.

— Quelles autres?

— Vous le savez fort bien. Maintenant à votre tour!

Avez-vous tué Lacey? Qui l'a assassinée? Elle ouvrit la bouche mais les mots se télescopèrent dans sa tête.

— Pourquoi votre pharmacie est-elle pleine de médicaments? Pourquoi votre placard regorge-t-il de vêtements que vous ne portez jamais? Qui êtes-vous, Ryan Smith?

Il rejeta la tête en arrière et éclata de rire.

— Judith, à vous entendre, j'ai l'impression d'être un zombie ou un extra-terrestre sorti de nulle part!

— J'exige une réponse.

— Ma réponse est Ma.

— Je vous demande pardon?

— Au cas où vous ne l'auriez pas remarqué, les marionnettes sont toute ma vie. Je travaille des nuits entières à écrire des scénarii, j'oublie de manger, de me vêtir chaudement en hiver. Je souffre régulièrement d'insomnie. Je collectionne les rhumes, les grippes quand ce n'est pas les bronchites. Dès que j'éternue, Ma appelle le médecin. Si je ne me rends pas à son cabinet, elle le fait venir chez moi ou au moulin. J'ai constaté qu'il ne servait à rien de la contrarier. Je vais chez le docteur, j'achète les médicaments et je range tout dans une armoire.

Elle n'eut aucune peine à le croire.

— Et les vêtements?

— C'est pareil.

— Mais cette maison est si... dépourvue d'âme!

Comment pouvez-vous... A moins que vous n'habitiez pas ici, conclut-elle prise d'une soudaine inspiration.

Ryan se leva brusquement. En deux enjambées, il l'avait rejointe.

— Vous avez eu vos réponses, Judith. J'ai été honnête alors que vous m'avez menti.

— Prétendriez-vous que toutes les femmes veulent coucher avec vous?

Il ignora l'insulte.

— Toutes, certainement pas mais vous, si!

— Pourquoi? demanda-t-elle, tremblante.

— Vous voulez vraiment savoir?

Avant qu'elle n'ait pu esquissé le moindre geste, il l'avait enlacée par la taille et attirée contre lui sur le lit. Son visage n'était qu'à quelques centimètres. C'était sa volonté contre la sienne.

Si ce corps à corps durait dix secondes encore, elle perdrait. Elle désirait cette bouche sensuelle plus que tout au monde mais si elle cédait, ç'en était fini de son honneur, de sa carrière et peut-être même de sa vie.

— Avez-vous tué Lacey Hollister?

Avant qu'elle n'ait eu le temps de comprendre, il l'avait violemment repoussée. Sans un regard pour elle, il se dirigea vers la porte et l'ouvrit toute grande.

Elle n'avait pas bougé.

— Sortez, Judith.

Elle s'approcha de lui sans crainte.

— L'avez-vous tuée?

— Je ne veux plus jamais vous revoir dans cette chambre à moins que vous n'y soyez expressément invitée... ce qui me paraît plus qu'improbable.

— Vous m'en voyez désolée. Avez-vous tué Lacey ?

Ses yeux se plissèrent dangereusement.

— Pourquoi est-ce si important ?

Elle rassembla toutes ses forces pour lui sourire.

— Vous n'avez plus le droit de poser de question. Vous avez déjà eu votre réponse, Ryan.

Il n'essaya pas de la suivre. Dès qu'elle fut hors de vue, elle s'adossa à un mur alors que son cœur cognait douloureusement contre ses côtes. Au prix d'un terrible effort, elle avait gagné sa bataille mais au lieu d'être satisfaite, elle n'éprouvait qu'un immense regret.

Un faible bruit lui fit lever la tête, et elle se heurta au regard énigmatique de Ryan qui l'observait depuis le palier. Elle dévala les escaliers et courut se réfugier au milieu des invités.

Ryan la regarda partir. Il avait failli réussir. Il avait gagné sa confiance et elle avait presque capitulé. Il l'avait sentie trembler contre lui mais elle avait refusé de combler les quelques centimètres qui séparaient leurs bouches.

Sa question avait rompu le charme. Elle devait être au bord de la panique pour l'avoir formulée aussi brutalement et il n'avait jamais éprouvé pareille colère depuis l'âge de douze ans.

Il se souvint soudain du jour où les Carter lui avait présenté un ravissant bambin à tête blonde en lui expliquant qu'il prendrait désormais sa place. Il avait frappé Toby de toutes ses forces, et Toby avait crié comme un mouton qu'on égorge. Pa Carter avait alors emmené Ryan de force jusqu'à la remise et le lendemain matin, lorsqu'il était arrivé à l'orphelinat, son corps était couvert d'ecchymoses qui avait mis plus d'un mois à disparaître. Depuis, il n'avait jamais frappé personne et personne ne l'avait jamais frappé non plus.

C'était la dernière fois où il s'était mis en colère. Avec l'âge, il avait maîtrisé la passion, la rage, la soif de vivre qui l'habitaient et c'était d'ailleurs ce que Eleanor lui avait reproché... son absence d'émotions. Il l'avait aimée sincèrement, mais avec une certaine retenue.

Judith Daniels avait fait éclater la carapace qui le protégeait comme un fétu de paille. Il mourait d'envie de la prendre par les épaules et de la secouer. Il voulait la jeter sur la moquette bleue, arracher ses vêtements et lui faire l'amour jusqu'à l'épuisement de ses forces.

Trop de souvenirs étaient liés au lit qui meublait sa chambre. C'est Eleanor qui l'avait choisi et il l'avait partagé une fois avec Lacey. Elle avait frappé à sa porte tard dans la nuit et s'était glissée dans les draps avant même qu'il n'ait eu le temps de l'en empêcher. Le lendemain matin, après avoir usé et abusé de lui, elle était partie sans un remerciement.

Si seulement il pouvait prouver à Judith qu'elle se trompait. Lacey était tombée du balcon. Il n'y avait eu ni conspiration, ni crime sordide. Seulement un accident stupide.

Les pas traînants de Harry le Hideux résonnaient étrangement dans le moulin vide. Il aimait la solitude. Personne n'était là pour se moquer de lui et il pouvait réfléchir en toute tranquillité.

Il fallait qu'il se décide vite. Elle devait être punie.

Cette fois encore, il ne serait pas seul. Elle l'aiderait comme elle l'avait aidé les fois précédentes. Elle comprenait les femmes et leurs faiblesses.

Il n'aimait pas qu'elles souffrent ou se défendent. Elles devaient mourir sans douleur. Une exécution propre et nette.

Les femmes se succédaient de plus en plus vite. Il y avait eu Lacey et la semaine dernière, cette secrétaire en short et débardeur. Elle cherchait un emploi. Elle aurait ennuyé Ryan. Il l'avait deviné à la ligne sensuelle de ses lèvres et à la rondeur de ses hanches. Cette fois, il avait pris les devants.

Au fur et à mesure que les forces du mal se déchaînaient, Harry faiblissait. Quand l'énergie lui manquerait, son amie le remplacerait ou Fafnir ou encore Billy. Quelqu'un serait toujours là pour continuer sa mission.

Harry le Hideux hocha la tête à plusieurs reprises avant de retourner dans le sous-sol qui lui servait de refuge. Ses pas traînants résonnaient étrangement dans le moulin vide.

Chapitre 12

Judith descendit de sa Mercedes et offrit son visage à la brise matinale. A six heures du matin, l'air était encore respirable et le parking désert, comme elle l'avait espéré.

En ce lendemain de fête, personne ne viendrait avant plusieurs heures. Elle avait largement le temps de procéder à l'inspection de ce cinquième étage où soi-disant personne ne montait jamais. Elle devrait aussi se forcer à retourner dans le sous-sol qu'elle avait soigneusement évité depuis l'incident de l'interrupteur. Qui sait si le secret de la mort de Lacey ne résidait pas au milieu de ce bric-à-brac?

Pour l'instant, elle avait plus de questions que de réponses. Si seulement elle trouvait une preuve, un indice... qui témoigneraient de l'innocence de Ryan!

La lourde porte en fer était fermée mais Judith avait pris la précaution d'emprunter la clé que Micki laissait toujours sur sa commode. Elle n'était pas rentrée de la nuit. En fin de compte, qui avait-elle honoré de ses faveurs: Steve? Josiah? Ou Ryan?

La bâtisse était calme et silencieuse et Judith sursauta malgré elle lorsque la porte se referma bruyamment derrière elle. Le jour où Lacey était morte, la Fabrique était déserte. L'enquête du coroner avait établi qu'elle avait succombé un dimanche matin aux premières lueurs de l'aube.

Nous sommes mardi, essaya-t-elle de se convaincre. Personne ne rôde dans l'ombre. Je suis plus rapide que Lacey à la course. Si quelqu'un me poursuit, je le distancerai, même s'il a de longues jambes...

Un peu de courage, Princesse, se moqua-t-elle gentiment. Elle passa cependant presque deux heures à vérifier le Roberts 450 et le réfrigérateur qui en fait, n'avaient besoin que de simples réglages. Mais il lui fallait du temps pour se préparer mentalement.

A huit heures enfin, elle se décida à approcher du monte-charge qui desservait le cinquième étage mais dès qu'elle pénétra dans l'atelier, une odeur de café fraîchement passé lui monta brusquement aux narines. Ryan ou Franz serait-il déjà arrivé?

— Vous voilà enfin! l'interpella Fafnir en apparaissant sur scène. J'avais entendu le moteur de votre voiture. Où étiez-vous donc?

Pour la première fois, Judith ne chercha pas à savoir qui se cachait derrière Fafnir.

— Nulle part! répondit-elle en ébouriffant la touffe violette qui surmontait son crâne.

— Allons, Judith. Je ne le répéterai pas. Vous ne voulez pas partager vos secrets avec moi?

— Ne lui dites surtout rien! lui conseilla Billy en surgissant près du dragon. Il essaye de vous séduire.

— Ne te mêle pas de mes affaires, Billy, je t'en prie. Je ne cherche qu'à gagner la confiance de cette enfant.

— Ce n'est pas une enfant. C'est la femme que j'aime, corrigea Billy d'un air digne.

— Moi aussi!

— Je t'en supplie, tais-toi.

Judith s'approcha de la cabine et dans un geste protecteur, posa sa main sur la tête de Billy.

— Cessez de vous battre, tous les deux.

Elle caressa ensuite la mâchoire de Fafnir et il se renversa sur le dos en signe de satisfaction.

— Il y a suffisamment de...

Elle s'interrompit, furieuse de s'être une nouvelle fois laissée prendre au piège.

Elle parlait à deux créatures de papier et de chiffons comme s'il s'agissait d'adultes. Sous les marionnettes, elle avait reconnu des mains familières aux doigts longs et racés.

— Allez au diable, Ryan Smith! déclara-t-elle en arrachant Billy de la main de son maître pour le jeter rageusement par terre. Comment osez-vous me faire ça à moi?

— Vous faire quoi? demanda Ryan en sortant de la cabine.

Il était vêtu d'un jean et d'une chemise blanche, maladroitement glissée dans son pantalon.

Judith se raidit involontairement. Cette fois, elle se défendrait d'être émue. Elle ne songerait pas à ces bras bronzés enlaçant tendrement ses épaules ni à cette bouche sensuelle qui...

— Vous le savez parfaitement, riposta-t-elle à voix basse. Ce n'est pas la première fois que vous utilisez vos marionnettes pour me séduire. C'est à la fois dégradant, déplaisant, futile et...

— Ce ne sont que des poupées, Judith. Sans personnalité ni pensées autres que celles que je leur donne.

Il enleva Fafnir de sa main.

— Si elles viennent vers vous, c'est que j'ai envie de venir vers vous, mais en général vous ne m'en laissez pas le temps. Aussi j'utilise ce subterfuge.

Judith regarda successivement Billy qui n'était plus qu'un tas informe sur le plancher, Fafnir puis Ryan. Elle ne vit qu'une seule et même personne à qui elle voulait faire confiance. Des émotions contradictoires l'assaillaient et soudain la frustration fut trop forte.

Elle se jeta dans ses bras. Les mains de Ryan se refermèrent sur ses épaules et il l'attira contre sa poitrine.

— Nous avons trop attendus, vous ne croyez pas ?

Sa bouche s'empara possessivement de la sienne alors que Judith hésitait encore entre céder et résister. Mais lorsque la violence de son baiser fit place à la tendresse, une vague de chaleur irradia ses membres.

Les mains du Maître — à la fois habiles et douces — glissèrent lentement sur sa peau nue et elle se blottit contre lui en arquant son corps vibrant de désir. L'amour qu'elle éprouvait pour lui se libéra avec une force qui la surprit elle-même, et alors que le plaisir naissait en elle, la lourde porte de fer résonna bruyamment et ils entendirent nettement des pas venant dans leur direction.

Il la relâcha et elle s'écarta instinctivement de lui. Sa bouche était encore humide, ses seins durcis par le désir et sa respiration rauque. Longtemps elle le dévisagea en silence. Puis elle pivota brusquement sur elle-même et partit en courant.

Drôle de façon de commencer la semaine, songea Ryan en la suivant du regard. Mais rien n'était simple depuis plusieurs mois. Tout avait commencé avec Steve pour finir par la mort de Lacey.

Par sa présence et ses questions, Judith Daniels ravivait le malaise qui l'habitait et qu'il s'efforçait d'ignorer de toutes ses forces.

Il se baissa pour ramasser Fafnir et Billy qu'il caressa pensivement.

— Désolé, les garçons, murmura-t-il en glissant Billy sur son poing. Elle a tout l'air d'avoir éveillé en moi le pire...

— Le pire ou le meilleur! répondit Billy.

Ryan eut un faible sourire.

— Tu as peut-être raison. Il y a des fois, Billy, où tu es plus sensé que moi!

Il rangea ses marionnettes et partit se servir un café sans s'apercevoir que les caméras vidéo fonctionnaient et avaient enregistré toute la scène.

Drôle de façon de commencer la semaine, songea Judith en regagnant son bureau. Elle essuya nerveusement la sueur qui perlait à son front malgré la fraîcheur de la pièce. Vêtue d'un épais chandail, Bessie lui sourit timidement avant de reporter toute son attention sur son ordinateur.

Le sourcil froncé, Ma l'attendait de pied ferme.

— Pourquoi n'êtes-vous pas restée chez vous comme la plupart des employés?

— Conscience professionnelle? suggéra Judith en feignant l'enthousiasme.

— Vous croyez peut-être que je n'ai pas remarqué votre petit jeu? poursuivit-elle en baissant involontairement le ton. Vous courez après lui comme l'autre mais vous perdez votre temps!

— Quelle autre? demanda Judith, le cœur battant.

— Vous savez très bien de qui je parle. Elle est morte.

— Pourquoi? Aurait-elle été punie?

Ma sursauta violemment.

— C'était un accident. Les accidents peuvent arriver à n'importe qui... à vous comme aux autres. Laissez Ryan tranquille et retournez d'où vous venez!

Judith frissonna devant l'hostilité qui perçait dans sa voix.

— Désolée mais c'est impossible.

— Alors prenez garde à vous...

A cet instant Bessie leva la tête, et Judith découvrit une lueur étrange dans son regard comme si cette confrontation l'avait amusée. La seconde d'après, ses yeux avaient retrouvé leur expression vide.

Se sentant en minorité, elle préféra s'incliner. Elle pivota sur elle-même et partit en courant pour la seconde fois de la journée.

Micki ne réapparut qu'en début d'après-midi. Sa bouche gonflée et le sourire qui éclairait son visage piquèrent la curiosité de Judith qui se prit à l'envier. Mais comme Ryan ne s'adressa pas davantage à Micki qu'à elle-même, et que Micki ne daigna même pas lever la tête à son approche, elle en déduisit qu'elle n'avait pas couché avec son employeur, et cette pensée la réconforta étrangement.

Il se renversa sur le dossier de son siège, les yeux toujours rivés sur le minuscule écran du moniteur. Il avait vu cette scène si souvent qu'elle était maintenant gravée dans sa mémoire.

Il n'avait pas encore pris de décision. L'idée lui

viendrait plus tard — comme les autres fois. Il se pencha en avant et se concentra sur les images qui défilaient devant lui. Le corps de Ryan pressé contre celui de la femme, sa bouche qui dévorait la sienne. Les mains possessives.

Harry le Hideux baissa instinctivement les yeux sur ses mains. La fourrure verte était usée et clairsemée par endroits. Il serra violemment les poings. Il devrait peut-être se résigner à se servir de ses mains.

Chapitre 13

Judith ne trouva la bande que le jeudi après-midi. Elle s'apprêtait à rejoindre Micki lorsque des éclats de plastique noir, près d'une poubelle débordante attirèrent son attention. Un coup d'œil autour d'elle l'assura qu'elle était seule dans la salle de contrôle. Réprimant une grimace, elle plongea la main dans la corbeille et retira successivement plusieurs paquets de cigarettes vides et quelques emballages de yaourt. Elle écarta impatiemment une boule de bourre verte et sans qu'elle sache pourquoi cette couleur la mit mal à l'aise.

Elle trouva enfin ce qu'elle cherchait. C'était une bande ou du moins ce qu'il en restait. La boîte était réduite en miettes. Le ruban avait manifestement trempé dans le yaourt. Elle eut une grimace de dégoût et allait la jeter lorsqu'elle se ravisa brusquement.

Personne ne jetait jamais de bandes à la Fabrique. Ryan avait prévenu ses employés que Judith était là pour les réparer. Au moindre incident, on faisait appel à elle.

Cette bande avait été détruite intentionnellement. Quelles images pouvait-elle recéler pour que celui ou celle qui l'avait visionnée ait soudain été pris d'une rage destructrice?

Sans même réfléchir, elle l'enveloppa dans un mouchoir, remit la poubelle dans l'état où elle l'avait trouvée et se précipita en direction de l'escalier.

Micki l'attendait impatiemment au volant de son Escort.

— Désolée, murmura-t-elle.

Au cours des jours précédents, leur relation s'était sensiblement améliorée et Judith avait vite appris que Micki avait accordé ses faveurs à Josiah Greenfield. Cette dernière ne lui avait d'ailleurs caché aucun détail de cette liaison tempétueuse. Malgré les inconvénients qu'elle présentait, Micki semblait heureuse.

Dès leur arrivée, Judith essuya la table de la cuisine et posa la bande devant elle sous l'œil mécontent de Micki à qui elle avait promis de réparer son radio-réveil.

l'intervention fut longue et difficile. Elle nettoya les pistes magnétiques puis il lui fallut ensuite ôter tous les débris de plastique, emprunter le boîtier d'une bande appartenant à Micki malgré les protestations véhémentes de cette dernière et enrouler le film sur les nouvelles bobines.

A dix heures, elle avait la migraine, ses doigts tremblaient mais le film était prêt à être visionné.

— J'espère pour vous que c'est une histoire au moins digne d'Autant en emporte le vent! la prévint Micki d'un air maussade.

— C'est une bande de la Fabrique, répondit distraitement Judith en inspectant avidement le contenu du réfrigérateur.

Seul un cake à l'orange lui parut consommable et elle en avala deux tranches alors que Micki donnait libre cours à son imagination.

— C'est peut-être un film porno! se réjouit-elle. Ma Carter et le vieux Franz dans leur plus simple appareil...

— Très peu pour moi, riposta Judith en glissant la bande dans le magnétoscope.

Pendant longtemps, rien n'apparut sur l'écran.

— Ce n'est pas très excitant. Ce devait être une mauvaise cassette que personne n'a osé retourner au fabricant, soupira Micki.

— Peut-être, à moins que...

Une image floue apparut soudain avant de se stabiliser. Elle avait été prise par une des caméras du troisième étage.

A nouveau, il ne se passa rien pendant plusieurs longues minutes. La cabine de Ryan semblait vide. Judith avait les yeux rivés sur l'écran. Elle s'agita, mal à l'aise en voyant le rideau frémir imperceptiblement.

— Je n'ai jamais rien vu d'aussi ennuyeux, déclara Micki en se levant. Je préfère encore...

Elle s'arrêta alors que Fafnir apparaissait sur scène.

— Vous voilà enfin! J'avais entendu le moteur de votre voiture. Où étiez-vous donc?

Judith qui avait compris bondit vers le téléviseur mais Micki l'arrêta par le bras.

Elle aurait pu se jeter sur elle, la prendre à bras le corps mais à quoi cela l'aurait-il avancée? Avec un hochement de tête résigné, elle se rassit sur le canapé et assista, impuissante, à la scène dont elle avait été l'involontaire héroïne.

Elle se vit discuter avec les marionnettes, les caresser. Puis Ryan sortit de la cabine alors qu'elle se mettait en colère. Quelques secondes plus tard, elle était blottie dans ses bras.

— Nous avons trop attendus, ne croyez-vous pas?

Sa voix, répercutée par les haut-parleurs de la stéréo, était si nette qu'elle sursauta involontairement. La bande restituait toute la passion contenue dans leur baiser, et en revivant cette scène, Judith éprouva un sentiment de colère, de gêne et d'excitation mêlées.

Comme elle disparaissait de l'écran, elle se pencha en avant, mûe par une soudaine curiosité.

Elle vit Ryan ramasser ses marionnettes et leur parler tendrement.

— Désolé, les garçons. Elle a tout l'air d'avoir éveillé en moi le pire...

Quelques secondes plus tard, il sortait à son tour du champ de la caméra, et l'image redevint noire.

Micki s'était levée, tremblante.

— Autant en emporte le vent, hein?

— Micki...

Avant que Judith n'ait eu le temps d'esquisser le moindre geste, elle avait quitté la maison en trombe. Judith était restée immobile.

Qui avait visualisé cette bande avant de la détruire dans un accès de rage? Elle aurait dû se souvenir des caméras et vérifier que rien de compromettant n'avait été enregistré...

Elle avait la vague impression que cette bande avait été projetée de nombreuses fois. L'image était brouillée par les parasites, instable...

Elle élimina tout de suite Micki de la liste des suspects. Elle avait réagi avec violence en découvrant Judith dans les bras de Ryan.

Ryan? Elle l'imaginait mal dans le noir, se délectant de cette scène. S'il en avait eu connaissance, il l'aurait effacée purement et simplement.

Qui restait-il? Ma... si ce n'est que Ma Carter ne descendait jamais dans la salle de contrôle, pas plus que Bessie. Jimmy, Melvin, Franz, Steve et tous les apprentis marionnettistes avaient l'occasion de pénétrer dans cette pièce mais pourquoi se seraient-ils acharnés sur un film?

A moins que ce ne soit le meurtrier et qu'il ait tué Lacey parce qu'elle avait couché avec Ryan. Seule une personne mûe par une jalousie maladive aurait pu détruire cette bande avec autant de violence.

Judith se leva pensivement pour éteindre le magnétoscope.

Elle récupéra la bande et alla aussitôt la cacher sous son matelas. Il y avait trop de questions sans réponses.

Le silence qui régnait dans la maison l'oppressait et elle décida qu'une courte promenade l'aiderait à ordonner ses pensées.

Il était presque onze heures quand elle sortit. L'Escort n'était nulle part en vue.

La maison de Micki faisait partie d'un lotissement dont la construction avait été brutalement interrompue quelques dix ans plus tôt. Il y avait quatre habitations au-delà de la sienne puis des lots laissés à l'abandon. Le trottoir se prolongeait jusqu'au bout de la rue. Judith ralentit sensiblement le pas en arrivant à proximité du terrain vague. Sa meilleure amie avait été assassinée. Quelqu'un avait successivement essayé de l'assommer, de l'électrocuter et n'appréciait pas qu'elle embrasse Ryan avec fougue. Etait-ce prudent de se promener seule dans un quartier désert et mal éclairé?

Un bruit de moteur rompit soudain le silence et elle réprima un soupir de soulagement. C'était peut-être Micki... ou un voisin.

Elle s'agita mal à l'aise. Le bruit l'avait surprise.

Elle jeta un rapide coup d'œil par-dessus son épaule. Les phares du véhicule l'aveuglaient. Il roulait vite, un peu trop vite à son goût et semblait se diriger droit vers elle.

Prise de panique, elle se mit à courir. Son cœur battait douloureusement dans sa poitrine et sa bouche était sèche. Elle trébucha sur une pierre, retrouva miraculeusement son équilibre et regarda, terrifiée, par dessus son épaule.

Les images se gravèrent dans sa mémoire : une grosse voiture, une lumière insupportable derrière laquelle elle discerna un visage déformé par la rage.

Elle ne dut la vie qu'à son instinct. Sans réfléchir, elle se jeta vers le bas-côté et roula en se protégeant la tête avec les mains. Les ronces lui déchiraient les bras. Elle resta longtemps immobile au fond du fossé, sans oser respirer.

Au-dessus de sa tête, elle percevait vaguement le rai d'une torche fouillant les buissons et le bruit d'un pas traînant.

Après ce qui lui parut une éternité, elle entendit un second véhicule s'arrêter près du précédent.

— Vous avez perdu quelque chose, monsieur ?

Elle pria de toutes ses forces pour qu'un automobiliste explique d'un ton inquiet qu'il craignait d'avoir renversé un piéton mais il n'y eut aucune réponse.

Lorsque la voix reprit la parole, elle était teintée de colère et de peur.

— Vous êtes fou ou quoi ? Ce n'est pas le carnaval !

Elle n'osa pas bouger de crainte de trahir sa présence et elle garda l'oreille aux aguets jusqu'à ce que les deux voitures se soient éloignées. Puis elle s'assit et s'essuya fébrilement le visage.

Elle était seule mais pour combien de temps encore? Et s'il revenait?

A cette pensée, la panique s'empara à nouveau d'elle et si elle ne battit pas un record de vitesse sur le trajet du retour, elle n'en fut pas loin. Elle verrouilla la porte d'entrée, bloqua le loquet avec une chaise et tira le verrou. S'il prenait à Micki l'envie de revenir en pleine nuit, elle se lèverait pour lui ouvrir.

Elle fit rapidement le tour de la maison pour s'assurer que toutes les fenêtres étaient fermées et que personne ne se cachait dans un placard ou sous un lit. Elle se versa ensuite un grand verre de liqueur d'abricot qu'elle avala d'un coup et prit une douche toute habillée.

Elle était couverte d'égratignures et une vilaine ecchymose barrait sa joue. Elle nettoya soigneusement ses blessures et revint au salon après s'être changée.

Son premier réflexe fut de prévenir la police. Elle avait déjà la main sur le téléphone lorsqu'elle se ravisa. A quoi servirait-il de signaler cet incident? Une fois encore, elle n'avait aucune preuve, à part ses meurtrissures. Au cours de l'enquête, la police risquait de découvrir sa véritable profession. Elle perdrait son emploi et n'éluciderait jamais le mystère de la mort de Lacey.

Qu'avait-elle d'ailleurs à déclarer? Qu'une grosse voiture sombre avait foncé délibérément sur elle? La police la traiterait de paranoïaque, parlerait au mieux d'un chauffard et l'affaire serait classée.

Après tout, le conducteur n'était pas descendu dans le fossé pour achever le travail commencé...

Elle reposa le combiné sur sa fourche. Cette série d'incidents prouvait qu'elle approchait du but. Le meurtrier commençait à s'affoler. Il était encore trop tôt pour prévenir la police. Elle redoublerait de prudence comme le lui avait si aimablement suggéré Ma Carter.

Cette nuit-là, Micki ne rentra pas chez elle mais à sept heures et demie, elle s'arrêta devant la maison dans un crissement de freins et se coucha littéralement sur l'avertisseur.

Judith hésita avant d'ouvrir la porte du passager. Elle n'avait pratiquement pas dormi et son sommeil avait été troublé par des cauchemars. Elle s'était réveillée plusieurs fois en sursaut, tremblante de terreur rétrospective. Le dernier cauchemar l'avait laissée pantelante. Elle avait vu le chauffeur derrière l'écran lumineux des phares. Son visage était tordu par la rage et la haine et la réflexion du second automobiliste au sujet du carnaval prenait maintenant toute sa signification.

Autant qu'elle s'en souvienne, le visage était vert.

Chapitre 14

— Que vous est-il arrivé? demanda Micki d'un ton réjoui.

Judith s'agita, mal à l'aise. Ses pantalons longs et sa chemise rose boutonnée jusqu'aux poignets dissimulaient complètement ses égratignures mais elle n'avait rien pu faire pour cacher l'ecchymose de sa joue.

— Cela vous intéresse-t-il?

— Non... tant que ça vous fait mal!

Judith serra un peu plus fort le siège de vinyle.

— Vous croyez désirer Ryan mais vous vous trompez.

— Tiens donc!

— Tous les hommes qui vous entourent sont déjà à vos pieds, Micki, alors pourquoi lui?

— C'est le seul que je désire vraiment.

— C'est faux mais vous n'admettez pas qu'on puisse vous résister. Vous ne me ferez jamais croire que vous êtes une victime!

A ces mots, l'arrogance de Micki disparut comme par enchantement.

— Vous constaterez un jour comme il est facile d'être une victime, grommela-t-elle en appuyant rageusement sur l'accélérateur.

— Expliquez-vous, la somma Judith.

— Je hais les petites ingénues, riches et intelligentes. J'attends depuis des années qu'il m'adresse ne serait-ce qu'un regard ou un geste d'amitié et vous, avec votre sourire à la Bryn Mawr...

Sa voix s'était mise à trembler et à la grande consternation de Judith, une larme roula sur sa joue.

— Micki, je suis désolée...

— Menteuse! riposta-t-elle en se lançant imprudemment dans la circulation sous un concert d'avertisseurs. Je vous préviens, Judith ne vous mettez pas en travers de mon chemin !

— Je vous le répète, Judith. Ne vous mêlez pas de mes affaires.

— Voulez-vous que je déménage?

— Non, répondit Micki après un long silence.

— Non? répéta Judith, incrédule.

— Il se lassera de vous. Il vous désire seulement parce que vous représentez une chose à laquelle il n'a jamais eu droit. Il a grandi dans des maisons d'accueil et des orphelinats et votre position sociale l'attire. Mais il n'est pas sot. Tôt ou tard, il comprendra qu'il fait partie du peuple.

— Comme vous?

— Comme moi, acquiesça Micki.

Si Judith avait caressé des rêves de bonheur, ils s'évanouirent soudainement. Dans un sens, Micki avait raison. Elle appartenait à une classe privilégiée. Ses tenues décontractées, les taches de graisse sur son visage et ses cheveux inélégamment tirés en arrière n'y changeraient rien. Elle serait toujours une dame. Une dame que Ryan désirait pour exorciser son passé. Après l'avoir séduite, il la rejetterait... comme il avait rejeté Lacey.

Mais autant qu'elle puisse en juger, c'est Lacey

qui s'était lassée de lui la première. Ryan avait-il été vexé ? Avait-il poursuivi Lacey, mû par une rage froide et...

Les rudes paroles de Micki l'avaient brutalement ramenée à la réalité. Ryan Smith n'était pas pour elle mais cela ne signifiait pas qu'il soit un meurtrier pour autant.

Le mystère restait entier. Qui avait essayé de se débarrasser d'elle la veille ? Qui avait détruit la bande ? Qui l'avait assommée ? Lorsqu'elle aurait trouvé la réponse à ces questions, elle écrirait une série d'articles qui l'élèverait au rang de grand reporter.

Elle s'agita, mal à l'aise. Contre toute attente, la promesse de la célébrité ne la réconforta pas. Princesse ou pas, elle n'aspirait qu'à l'amour de Ryan.

Elle décréta brusquement qu'elle ne pouvait faire confiance à personne. Ni à Ma ni à Micki qui l'avaient toutes deux menacée plus ou moins ouvertement ; ni à Bessie dont le regard fuyait étrangement ; ni à Steve dont les assauts sonnaient faux ; ni même à Franz avec son sourire poli et discret ; et encore moins à Ryan...

Ce jour-là pour la première fois, aucune machine ne tomba en panne et Judith fut reléguée dans un placard où elle passa la matinée à trier des boîtes. Après un rapide déjeuner, elle regagna son placard exigu pour poursuivre son classement. Peu de temps après, bercée par le ronronnement du système d'air conditionné et des machines à écrire dont le bruit lui parvenait faiblement, elle sombrait dans un profond sommeil.

Elle se réveilla en sursaut, les muscles raidis par sa position inconfortable. Un coup d'œil à sa montre lui apprit qu'il était sept heures moins le quart.

Elle courut jusqu'à la fenêtre la plus proche et constata que le parking était vide. Micki n'avait pas daigné l'attendre. Il ne lui restait plus qu'à appeler un taxi, sortir par la grande porte en prenant garde de ne pas s'approcher du balcon et...

De qui se moquait-elle? C'était l'occasion rêvée pour inspecter le dernier étage. Elle n'aurait même pas à forcer la porte du quatrième qu'elle soupçonnait de dissimuler un escalier secret. Le monte-charge la hisserait au dernier en moins d'une minute et une fois là-haut, elle découvrirait ce que Ryan Smith semblait si désireux de cacher.

Ses chaussures à semelle de crêpe étouffaient le bruit de ses pas. Le ciel était anormalement sombre pour une fin d'après-midi et le tonnerre grondait au loin.

Le silence qui règnait dans la Fabrique l'angoissait. Elle s'arrêta devant les portes battantes de l'atelier. Malgré l'absence de lumière, elle discernait vaguement le plateau métallique du monte-charge à l'autre bout de la pièce. Pendant une fraction de seconde, elle faillit renoncer à son entreprise mais un éclair aveuglant suivi d'un grondement sinistre la décidèrent. Elle poussa le battant d'une main tremblante et pénétra dans la pièce.

Les cabines formaient des taches d'ombre menaçantes. Elle leva machinalement les yeux vers les caméras. Aucune lumière rouge n'était allumée. En cas d'accident, il n'y aurait aucun témoin, aucune preuve...

Il lui semblait qu'une paire d'yeux invisibles

étaient braqués sur sa nuque. Comme l'impression persistait, elle jeta un regard apeuré autour d'elle mais ne remarqua rien d'anormal. Elle regrettait de n'avoir pas songé à allumer la lumière. Elle était au milieu de l'atelier, entourée d'ombres, d'ombres et... de bruits sourds.

— Qui est là?

La fermeté de sa voix la surprit.

— Qui est là? répéta-t-elle, furieuse.

Elle s'était immobilisée, l'oreille tendue. Son cœur battait si fort qu'elle avait du mal à entendre. Les bruits étouffés semblaient se rapprocher.

Si c'était Micki, elle pourrait se vanter de lui avoir donné une belle frayeur. Judith essaya une dernière fois.

— C'est vous, Micki?

Son courage l'avait abandonnée et elle n'avait pu empêcher sa voix de trembler. Une planche craqua comme si quelqu'un ou quelque chose venait dans sa direction.

Presque aussitôt, un éclair bleu illumina la pièce et Judith hurla, soudain prise de panique. Elle se précipita vers la porte, se rua dans l'escalier...

Les battements de son cœur se mêlaient à son souffle rauque. Elle trébucha sur une marche et reprit sa course folle alors que son poursuivant ne cherchait plus à dissimuler sa présence.

Si seulement, elle parvenait...

Elle le heurta de plein fouet sur le palier. En reconnaissant Ryan, elle comprit qu'elle était en sécurité. Haletante, elle se blottit contre lui. Ils restèrent longtemps sans bouger dans les bras l'un de l'autre. L'orage s'éloignait. La Fabrique était soudain devenue silencieuse et pendant une fraction de seconde, Judith se prit à penser que c'était Ryan qui l'avait traquée mais sa main sur son bras était à la fois ferme et rassurante.

— Que faites-vous ici si tard ? demanda-t-il enfin.

Elle ne décela ni désapprobation ni curiosité dans sa voix. Il avait parlé d'un ton détaché comme s'il attendait. Attendait quoi ?

— Je... je me suis endormie, avoua-t-elle faiblement. Quand je me suis réveillée, tout le monde était parti.

— Vous veniez du troisième étage... si je ne m'abuse ?

— Je pensais que Micki ou Franz étaient peut-être là, mentit-elle. Je n'ai pas de voiture et...

— Pourquoi couriez-vous si vite ?

Elle leva les yeux vers lui. « Parce qu'un monstre me poursuivait. Parce que je fuyais l'assassin de Lacey. »

— J'ai peur de l'orage, répondit-elle simplement.

Il ferma les paupières et poussa un long soupir.

— Pour l'amour du ciel, Judith, pourquoi mentez-vous toujours ?

— Je... très bien. J'ai cru entendre un bruit dans l'atelier et j'ai cédé à la panique. Et c'est vrai que je n'aime pas le tonnerre, ajouta-t-elle pour faire bonne mesure.

Ryan avait rouvert les yeux. Son regard était à la fois vif et attentif.

— Qu'avez-vous entendu exactement ?

Elle haussa les épaules.

— Comme un bruit de pas feutrés...

— C'était peut-être moi.

— Certainement mais j'ai eu peur. Après tout, cette fille est morte il y a un mois à peine. Cela me rend nerveuse...

Sa silhouette était encore plus grande et plus mince encore dans la pénombre.

— Quelle fille, Judith?

Sa question la prit totalement au dépourvu.

— Je... vous savez très bien. Celle qui est tombée du balcon. Je ne me souviens plus de son nom.

Dès que les mots eurent franchi ses lèvres, elle les regretta.

— Réfléchissez, Judith. La mémoire va peut-être vous revenir...

Son sourire était menaçant, et elle frissonna malgré elle.

— N'était-ce pas... Lacey quelque chose?

— Ce n'est pas mal. Mais je m'étonne que vous ayez pu oublier aussi vite le nom d'une jeune fille dont vous partagiez la chambre au collège...

Elle eut la désagréable impression de recevoir un coup bas. Elle avait visiblement pâli et il était trop tard pour nier.

— Depuis quand le savez-vous?

— Depuis le jour de votre arrivée. Lacey parlait toujours de sa meilleure amie Judith qui travaillait dans un journal et rêvait de devenir reporter. Est-ce la raison de votre présence à la Fabrique? Croyez-vous vraiment que la mort de Lacey vous aidera à gravir les échelons?

Elle accusa le coup.

— Etait-ce un accident?

— C'est là toute la question. J'en suis convaincu mais vous ne semblez pas partager mon avis. Depuis le début, vous nous avez menti, épié dans l'espoir de...

— Pourquoi m'avez-vous engagée? le coupa-t-elle brusquement.

— Je préfère connaître mes ennemis.

— Et m'assommer le cas échéant!

— Personne ne vous a assommée. Non pas que l'envie m'ait manqué, reconnut-il en toute franchise.

— Est-ce la seule raison qui vous a poussé à m'offrir cet emploi?

— Vous savez réparer un Roberts 450 et ce n'est pas peu dire.

Judith s'était mise à trembler sous l'effet de la colère, de la frustration et du désir conjugués.

— Est-ce tout? le défia-t-elle.

— Pas tout à fait.

L'instant d'après, il l'attirait contre lui et s'emparait de sa bouche.

Chapitre 15

Judith résista pour la forme mais ce corps vibrant contre le sien chassa ses peurs et bientôt elle se haussait sur la pointe des pieds pour mieux presser ses lèvres contre les siennes.

Elle ferma les yeux et se laissa submerger par le plaisir. Plus de disputes ni de mensonges, décréta-t-elle impulsivement. S'il la désirait, elle serait sienne et tant pis pour les conséquences !

Il s'écarta légèrement d'elle.

— Pas de gifle ni de protestations ?

Il avait parlé d'une voix basse et mélodieuse et elle hésita à peine une fraction de seconde.

— Non.

— Non ? répéta-t-il, incrédule.

Il avait emprisonné son menton entre ses doigts et l'obligea à lever la tête dans sa direction. Elle attendit sa réaction, le cœur battant mais il se contenta d'approuver silencieusement.

— Que faisiez-vous au troisième étage ?

Cette fois, elle eut réellement envie de le gifler et son premier réflexe fut de mentir. Mais il savait tout ou presque.

— J'avais l'intention d'utiliser le monte-charge

pour inspecter le cinquième étage, avoua-t-elle faiblement.

Il eut un sourire victorieux.

— Je m'en doutais. Mais n'aurait-il pas été plus simple de forcer la serrure du quatrième?

— Elle est d'un modèle ancien... très difficile à crocheter.

— Dommage! murmura-t-il en l'attirant dans ses bras.

Elle faillit le repousser mais se ravisa. Il avait senti sa réticence.

— Des regrets?

Il ne la retiendrait pas de force. Elle l'avait compris instinctivement et c'était peut-être sa dernière chance.

— Non, répondit-elle en le défiant du regard... à condition que vous m'accompagniez au cinquième.

— La chambre de Barbe-Bleue? Avec plaisir, Princesse.

Ils traversèrent l'atelier côte à côte. La pièce était toujours plongée dans la pénombre mais Judith n'eut plus l'impression d'être épiée à son insu.

— Vous croyez toujours que quelqu'un vous poursuivait? demanda Ryan en s'arrêtant devant le monte-charge.

— Quelqu'un ou quelque chose... Et si nous empruntions l'escalier? suggéra-t-elle avec une moue dubitative. Les monte-charge ne m'ont jamais inspiré confiance...

— Désolé pour vous, répondit-il en la poussant gentiment sur la plate-forme.

Alors qu'il pressait plusieurs boutons, elle se campa fermement sur ses jambes.

Le début de leur liaison était étrangement dépourvue de romantisme. Ryan surveillait discrètement ses réactions tandis que la lourde plateforme les hissait lentement jusqu'à l'étage supérieur. Si seulement, il avait l'idée de l'embrasser... Sous la tendre pression de ses lèvres, elle oublierait ses craintes et...

Le monte-charge s'arrêta enfin sur un palier désert. Un escalier en pierre conduisait manifestement au quatrième étage et deux portes soigneusement closes desservaient le couloir. Ryan ouvrit la première et l'invita à entrer.

— Que gardez-vous dans cette pièce? s'enquit-elle d'un ton où perçait la déception.

— Le corps de mes victimes... à part celui de Lacey qui, comme vous le savez...

— Taisez-vous!

Il s'adossa nonchalamment à la deuxième porte. Un sourire éclaira brièvement son visage.

— Croyez-vous encore que j'ai assassiné votre amie?

— Non...

Il eut une moue cynique.

— Pourquoi est-ce moi qui ne vous crois plus?

— Si je n'avais pas confiance en vous, je ne vous aurais pas suivi, se défendit-elle violemment.

Il parut réfléchir et la tension qui déformait ses traits disparut progressivement.

— Mais vous pensez toujours qu'elle a été assassinée?

— J'en suis convaincue mais je ne sais ni par qui, ni pourquoi.

— Je crains que la seconde pièce ne vous aide pas à résoudre ce mystère.

Sur son invitation, elle pénétra à l'intérieur et siffla tout bas sous l'effet de la surprise.

— Voilà qui explique tout!

— Qui explique quoi? demanda Ryan, aussitôt sur la défensive.

— Que votre maison n'ait pas d'âme car c'est là que vous vivez, n'est-ce pas?

Elle était dans une grande salle, au parquet ciré et aux murs blanchis à la chaux. A part un coin cuisine, l'ameublement se composait d'un canapé blanc. Des piles de livres jonchaient le sol. Il n'y avait là ni marionnettes, ni caméras et Dieu merci, aucun téléviseur. Un lit étroit occupait un angle, près d'une commode en bois sur laquelle était posée une lampe de chevet. L'ensemble donnait à la fois une impression d'austérité et de confort.

— Voulez-vous une tasse de café?

— Non merci. Personne ne monte jamais ici?

— Il faudrait d'abord que quelqu'un sache que j'y vis. Ma s'en doute mais elle n'a aucune preuve.

— Pourquoi?

— J'aime mon indépendance, répondit-il simplement.

— Je voulais dire... pourquoi moi? Pourquoi m'avez-vous conduite ici?

Il s'assit sur l'unique chaise.

— Vous ne devinez pas?

— Si vous m'aviez invitée chez vous, je serais venue...

— C'est justement ce que je ne voulais pas. Je vous voulais là où personne n'a encore jamais pénétré. Je ne voulais pas vous aimer dans le lit où Lacey dormi.

Judith avait pâli.

— D'après elle, vous faites un piètre amant...

A ces mots, il éclata de rire.

— Je préfère que vous jugiez par vous-même! répondit-il en l'attirant vers lui.

Elle se blottit aussitôt contre sa poitrine. Les lèvres de Ryan, tendres et sensuelles, glissaient sur ses joues, son nez, sa bouche. Il ne l'avait jamais embrassée aussi tendrement.

D'une main experte, il déboutonna sa chemise et dégrafa son soutien-gorge. Ses longs doigts formaient une tache sombre sur sa peau claire et elle frissonna d'anticipation. Elle avait oublié comme le désir pouvait être violent. Ou peut-être n'avait-elle jamais désiré un homme autant que Ryan Smith?

Elle se pressa impatiemment contre lui alors qu'une douce chaleur irradiait ses membres. Avec des gestes doux, il finit de la déshabiller et caressa ses bras nus.

— Que vous est-il arrivé? s'enquit-il en devinant ses meurtrissures dans la pénombre.

Elle le réduisit au silence par un long baiser. L'instant d'après, il la portait jusqu'au lit. Il ôta ses vêtements sans la quitter des yeux et elle regretta presque qu'il ne lui ait pas permis de le faire à sa place.

L'émotion lui nouait la gorge. Elle sentait confusément qu'une liaison avec Ryan Smith n'était pas de celle que l'on oublie facilement.

Il dut deviner son appréhension car il se pencha vers elle et releva une mèche qui barrait son front.

— Ne soyez pas inquiète, Judith. Je ne suis pas un aussi piètre amant que ne l'a prétendu Lacey.

Elle lui sourit faiblement.

— Ce n'est pas ce qui me tracasse...

— Alors de quoi avez-vous peur?

Elle avait déjà trop menti.

— De tomber amoureuse...

Elle avait parlé si bas qu'il dut tendre l'oreille pour l'entendre. Il la dévisagea en silence, surpris par sa réponse.

Le lit était trop étroit pour être confortable mais plus rien n'avait d'importance. La peau de Ryan était douce sous ses doigts. Elle se mordit la lèvre inférieure pour ne pas crier, s'arquant contre lui alors que le désir la consumait.

Lentement, le rythme de l'amour les emporta loin de la réalité. Il retarda l'instant tant attendu mais dans ses yeux, elle pouvait lire la passion.

Elle perdit soudain la notion du temps. Une vague de plaisir explosa en elle, aussi violente qu'inattendue. Ryan rayonnait d'un bonheur secret qui adoucissait étrangement son visage. Le poids de son corps sur le sien la réconfortait. Elle n'osait plus bouger de crainte de rompre la magie de l'instant.

Au bout de plusieurs longues minutes, il se haussa sur un coude et la dévisagea tendrement.

— « Un petit pas pour l'homme, un bond de géant pour l'humanité », murmura-t-il au creux de son oreille.

Le bonheur illuminait leurs yeux, et pourtant alors que la nuit se refermait sur eux, Judith frissonna violemment. Toutes ses craintes, tous ses doutes, toutes ses peurs venaient d'affleurer sa conscience.

Il l'avait vue pâlir.

— Qu'est-ce qu'il y a, Judith?

— Rien, mentit-elle.

Il blottit sa tête contre son épaule et lui caressa longtemps les cheveux.

— Pourquoi est-ce toujours aussi compliqué? demanda-t-elle alors que les larmes glissaient silencieusement sur ses joues.

Il prit son menton entre ses mains et l'obligea à croiser son regard.

— C'est la vie, Judith. Il faut savoir profiter du bonheur lorsqu'il passe et ne pas songer au lendemain.

— C'est faux!

— C'est une théorie comme une autre. La seule qui ne m'ait jamais déçu et dans ce sens, je crains de ne pas être un partenaire idéal... pour vous, Judith.

— Je le crains aussi.

— Il vaudrait peut-être mieux ne pas insister.

— Peut-être.

— C'est une erreur.

— Certainement.

Elle n'avait pas bougé.

— Mais ce n'est pas la première fois que je commets des erreurs dans ma vie, conclut-il en déposant un tendre baiser sur sa bouche humide.

Pendant une fraction de seconde, Harry le Hideux éprouva une telle colère qu'il faillit se précipiter sur eux. Il les regarda s'éloigner en direction du monte-charge. Il savait ce qui se passerait dans l'appartement du dernier étage qu'il était le seul à connaître. Il s'était mis à trembler de rage et de dégoût.

Il avait échoué. Il s'était juré de protéger Ryan et

une fois encore, il avait échoué. Mais il la punirait comme elle méritait de l'être et l'attente ne serait plus longue. La prochaine fois où il la surprendrait seule, il mettrait un terme définitif à sa vie de pécheresse.

Une fois son devoir accompli, son âme s'apaiserait. Après, il y en aurait d'autres, beaucoup d'autres. Des femmes à la vie facile, des prostituées...

Mais d'abord Judith.

Il hocha la tête d'un air satisfait et s'éloigna dans la pénombre en traînant les pieds.

Chapitre 16

Assis dans sa voiture, Ryan la regarda s'éloigner. Il n'était guère plus de sept heures. Si elle était aussi fatiguée que lui, elle ne serait certainement pas d'humeur à supporter les sarcasmes de Micki.

Ils s'étaient aimés une seconde fois dans son appartement avant de sortir pour dîner. Ils avaient mangé trop de pizzas, bu trop de bières et terminé la soirée près de sa piscine.

Il l'avait encore aimée sur les marches du bassin, sur la chaise longue, dans le sauna... partout sauf dans le grand lit de sa chambre.

Il jura tout bas. Au cours des longues heures de la nuit et ce matin, elle avait fait preuve d'une honnêteté et d'une confiance dont il l'aurait cru incapable. Le mystère de la mort de Lacey était resté entier mais elle avait étrangement réussi à semer le doute dans son esprit.

Il faillit courir après elle. Pour la première fois depuis longtemps, il s'était abandonné au plaisir. La crainte d'être à nouveau abandonné comme il l'avait été si souvent le hantait.

Tout compte fait, il valait peut-être mieux mettre un terme à cette liaison avant qu'il ne soit trop tard. Mais devant sa silhouette immobile devant la porte, tournée dans sa direction, il comprit qu'il était déjà trop tard.

Il la salua une dernière fois d'un geste de la main avant de partir dans un nuage de poussière.

— Vous avez passé une bonne nuit?

Assise près de la fenêtre, Micki l'attendait. L'air était bleu de fumée et le cendrier débordait de mégots.

— Oui, répondit-elle, s'attendant à une réaction violente.

Micki approuva d'un hochement de tête.

— Vous l'aimez?

— Oui, répéta Judith.

— Et lui?

Micki avait le don de mettre les gens mal à l'aise.

— Pas que je sache. Etes-vous satisfaite?

Avec des gestes lents, elle éteignit sa cigarette.

— J'ai passé la nuit à réfléchir, annonça-t-elle enfin et j'en suis arrivée à la conclusion que cela n'avait plus d'importance.

Judith s'assit sur le sofa. La surprise se lisait sur son visage.

— Qu'est-ce qui n'a plus d'importance? demanda-t-elle, le cœur battant.

— Malgré ma réticence, je dois admettre que vous n'avez peut-être pas entièrement tort. Il se peut que je désire Ryan uniquement parce qu'il m'est inaccessible.

Elle haussa les épaules.

— Remarquez bien j'hésite encore mais j'envisage tout de même cette possibilité. Ryan est un peu trop compliqué pour moi et je connais plusieurs hommes qui ne demandent qu'à profiter de la vie.

— Josiah Greenfield?

— Entre autres.

— Pourquoi pas? répondit Judith en se levant.

— Vous ne voulez pas savoir si je vous ai pardonnée? s'enquit Micki d'un air offusqué.

— J'ai besoin de dormir. D'ailleurs, je crains de ne pouvoir vous influencer ni dans un sens ni dans l'autre.

— Faites de beaux rêves!

Les vœux de Micki ne se réalisèrent pas et Judith dormit d'un sommeil agité, entrecoupé de cauchemars érotiques. Elle était dans les bras de Ryan et il se transformait soudain en monstre. C'était parfois Fafnir, prêt à la dévorer, parfois les Déesses vertes qui essayaient de l'étrangler avec leurs cheveux en luzerne.

Mais le pire de tous était Harry le Hideux. Alors que Ryan la portait jusqu'à la piscine, son visage de laine verte se déformait sous l'effet de la rage et au lieu de la poser sur une chaise longue, il la maintenait à bout de bras au-dessus des eaux tourbillonnantes.

Elle se réveilla en sursaut. La laine verte! La jeune femme qui avait été trouvée morte dans la carrière désaffectée en avait sous ses ongles. Celui ou celle qui avait essayé de la renverser avait un visage vert! Cela ne pouvait signifier qu'une chose...

Quelqu'un se déguisait en Harry le Hideux et ce quelqu'un avait assassiné une jeune femme. Il avait essayé de la tuer et il s'était également débarrassé de Lacey.

Judith tremblait alors que les pensées se bousculaient dans sa tête. Qu'y avait-il de commun entre Lacey, une étrangère et Judith Daniels? Elles étaient toutes les trois des femmes, elles étaient jeunes... Quoi encore?

Ryan saurait peut-être répondre à cette question.

Son réveil indiquait quatre heures. Elle n'était censée le rejoindre que dans deux heures. Elle repoussa ses draps d'une main impatiente, se doucha rapidement et s'octroya un goûter consistant.

Micki n'était nulle part en vue. Son Escort non plus. Judith faillit prévenir Ryan qu'elle serait en avance mais si jamais sa Mercedes se montrait capricieuse, il risquait de s'inquiéter de son retard.

Elle s'assit au volant et replia soigneusement les larges plis de sa robe bleu ciel. Elle ne lui communiquerait sa théorie sur Harry le Hideux que lorsqu'il aurait satisfait l'impérieux désir qu'il avait fait naître en elle.

A son grand étonnement, la Mercedes démarra tout de suite. Elle se demanda à nouveau s'il ne valait pas mieux prévenir Ryan de son arrivée. Après une courte réflexion, elle décida de lui réserver la surprise.

La journée était aussi chaude que les précédentes, sinon plus et elle avait hâte qu'il la débarrasse de ses vêtements.

Sa Toyota n'était pas sur le parking mais elle s'y attendait. EIle ignorait où il garait son véhicule en dehors des heures de travail. Mûe par une soudaine impulsion, elle fit demi-tour et rangea sa Mercedes près d'une station-service désaffectée à quelques centaines de mètres de la Fabrique. Inutile de signaler ma présence, songea-t-elle en revenant vers le moulin à pied.

Elle ouvrit la lourde porte en fer avec la clé qu'il lui avait confiée. La bâtisse était fraîche et déserte. Il était encore trop tôt pour que Ryan l'attende et il ne restait plus qu'à localiser le monte-charge qui desservait le dernier étage. Elle soupira d'aise en constatant qu'il l'attendait au deuxième. Après sa frayeur de la veille, elle éprouvait une certaine appréhension à l'idée de traverser l'atelier du troisième.

Cette fois, elle ne commit pas l'erreur de rester dans la pénombre. Au diable la facture d'électricité!

Elle s'immobilisa soudain. Un faible bruit, semblable à un sanglot, lui parvenait de la salle de contrôle.

Elle essaya de se raisonner. Melvin et Jimmy s'étaient peut-être disputés ou un petit animal s'était égaré dans la grande bâtisse... Elle avança d'un pas vers la porte de la salle mais une peur incontrôlée l'empêcha de franchir le seuil. Puis elle entendit distinctement un autre bruit qui la glaça d'effroi — un pas traînant venait dans sa direction.

Prise de panique, elle pivota vivement sur elle-même et se mit à courir, trop terrifiée pour se soucier du claquement de ses talons sur le sol. Elle devait fuir aussi vite et aussi loin que possible.

D'instinct, elle se dirigea vers les étages supérieurs. Arrivée au quatrième, elle perdit de précieuses secondes à essayer d'ébranler la porte de fer qui menait à l'appartement de Ryan. D'un seul coup d'œil, elle comprit qu'elle ne pouvait se cacher nulle part à cet étage. Elle se précipita dans l'escalier et jeta un coup d'œil affolé par-dessus son épaule avant de pousser la porte à double-battants de l'atelier. Etait-ce son imagination ou avait-elle réellement vu une imposante silhouette verte sur le palier à demi plongé dans la pénombre?

Dans sa précipitation, elle heurta violemment une cabine et trébucha. Elle se traîna alors à genoux derrière le frêle écran de carton et plaça son poing sur sa bouche pour étouffer le sifflement de sa respiration. Pendant de longues secondes, un silence réconfortant régna. Puis soudain, la porte grinça et elle entendit des pas s'approcher. C'est alors que — plus terrifiant que tout — la voix si fit entendre :

— Judith! Je sais que vous êtes là.

Elle se plaqua encore davantage contre la paroi.

La voix d'Harry était l'une des plus faciles à imiter. N'importe qui pouvait la contrefaire — Ryan, Steve, Franz, Micki — et la plupart des apprentis marionnettistes.

— Ne résistez pas, Judith. Venez, reprit Harry d'un ton cajôleur.

Les pas passèrent près d'elle avant de s'éloigner vers le fond de la pièce. L'espoir se fit de nouveau en elle. Elle s'obligerait à compter jusqu'à vingt puis sortirait en courant de sa cachette.

Mais dans quelle direction pouvait-elle fuir?

Un cliquetis métallique suivi d'une bouffée d'air chaud la fit violemment sursauter. Il avait ouvert la baie qui surplombait la rivière!

La vue du corps de Lacey basculant par-dessus la rambarde s'imposa immédiatement à son esprit. Elle s'imagina dans les eaux agitées, sa jolie robe bleue flottant autour d'elle comme une corolle de fleur. Il fallait qu'elle sache où il était.

Elle se pencha lentement vers l'avant et retint un cri. Elle le voyait distinctement dans le reflet de la vitre.

C'était Harry le Hideux en chair et en os, tout de vert vêtu. Il était grand, très grand — un mètre quatre-vingt. Une seule personne à la fabrique était sans doute de cette taille — Ryan!

Elle ferma les paupières alors que de grosses larmes roulaient sur ses joues. Il y avait une dizaine de cabines dans la pièce. Avec un peu de chance...

— Judith, ma Judith...

La voix était proche, basse et mélodieuse. Une voix d'amant qui cherche à séduire.

Plusieurs longues secondes s'écoulèrent. Harry avait disparu de sa vue et elle se demanda vaguement où il était.

Soudain, une paire de bras verts et puissants la saisirent à la gorge, étouffant le cri qui montait de sa poitrine. Elle se débattit violemment alors que ses poumons commençaient à manquer d'air. Si elle perdait conscience, ç'en était fini d'elle!

Elle enfonça violemment le coude dans le ventre de son adversaire puis tout bascula autour d'elle.

Elle sentit qu'on la traînait sur le plancher puis sur le balcon. Elle entendait le grondement de la turbine. Dans un suprême effort, elle roula sur elle-même pour lui échapper mais c'était trop tard. Elle n'avait pas eu le temps de se relever qu'il la prenait à bras-le-corps et la soulevait avec une force surhumaine. L'instant d'après, elle basculait par-dessus la rambarde.

Chapitre 17

Les bras de Judith battirent désespérement l'air alors qu'un long cri s'échappait de sa poitrine. Elle tendit inconsciemment les mains et sa chute vertigineuse s'arrêta si brusquement qu'elle faillit se désarticuler l'épaule.

Pendant de longues secondes, elle resta suspendue au-dessus du vide alors que les sanglots lui déchiraient la gorge. Elle ferma les paupières pour éviter d'être prise de vertige. Ses bras étaient assez solides pour supporter le poids de son corps. Dès qu'elle aurait retrouvé son souffle, elle se hisserait sur la corniche sans difficulté.

Elle ouvrit les yeux. Elle n'était pas suspendue à une corniche mais au balcon du second étage.

— Judith... appela Harry.

Elle eut si peur qu'elle faillit lâcher prise. Il était à l'autre bout de la terrasse mais elle devina qu'il se déplaçait au faible frémissement des planches. S'il revenait en direction de l'aile nord, il ne manquerait pas de la voir.

— Judith...

Le balcon était soutenu par des poutres orange, en forme de triangle. A la force des poignets, elle commença à se diriger vers la plus proche, en priant tout bas pour que le moteur de la turbine étouffe le raclement de ses chaussures sur la pierre. Si seulement elle pouvait l'atteindre... Elle pourrait s'accroupir sous le balcon.

Lacey avait-elle subi cette terrifiante épreuve ? Ou avait-elle plongé tout droit dans les eaux de l'Hudson ?

Lacey était une victime-née. Judith une battante. Elle ne tomberait pas dans le trou béant de la turbine. Elle ne se laisserait pas tuer par une marionnette. Elle allait se cacher et attendre patiemment qu'on vienne la délivrer.

Lorsque finalement ses doigts se refermèrent sur le support métallique, son corps tremblait violemment sous l'effet de l'effort. Elle se recroquevilla sur la poutre, le dos plaqué au mur.

Quelques secondes plus tard, la voix de Harry résonnait juste au-dessus de sa tête.

— Judith... ma Princesse.

Elle se cacha le visage entre les mains. Personne ne l'appelait Princesse, à part Ryan. C'est Ryan qui lui avait donné rendez-vous à la Fabrique. Il n'y avait qu'une seule personne dont la taille corresponde approximativement à celle de Harry. Elle avait beau refusé l'évidence, elle s'imposa à son esprit avec une violence aussi cruelle qu'inacceptable. Ryan Smith avait essayé de la tuer. Ryan Smith était un dangereux criminel.

Elle eut soudain très froid. La poutre était étroite et elle ne pouvait y tenir que repliée sur elle-même mais aussi précaire que soit sa situation, elle n'en sortirait qu'avec l'assurance d'être hors de danger. S'il le fallait, elle attendrait jusqu'à lundi. Elle survivrait comme elle avait toujours survécu aux épreuves.

Elle prit une profonde inspiration, cala sa tête contre ses genoux et se prépara à une interminable attente.

Lorsque Ryan se réveilla, son appartement était plongé dans la pénombre. Son vieux réveil indiquait sept heures. Judith aurait dû être là depuis une heure déjà. Avait-elle eu peur de monter toute seule par le monte-charge?

Si seulement il n'avait pas la migraine. Il aurait dû prendre un Aspirine au lieu d'un somnifère. Le sédatif n'avait pas calmé sa douleur au contraire...

Il se leva péniblement et s'approcha de la fenêtre. Pas de Mercedes! Etait-elle venue en taxi?

Elle l'attendait certainement au second étage. Ses talents de réparatrice le fascinait et le ravissait à la fois. Elle était aussi à l'aise avec les moteurs que lui avec les marionnettes. Il l'imaginait déjà avec une robe à la Grace Kelly au milieu d'un amas de ferraille.

Il appuya sur le bouton d'appel du monte-charge d'une main impatiente mais rien ne se passa. Il recommença une seconde fois en jurant tout bas. Judith avait dû éprouver une belle frayeur si le monte-charge avait rendu l'âme en cette douce fin d'après-midi.

Il rejeta aussitôt cette idée. S'il était en panne, elle aurait essayé de le réparer.

Intrigué, il emprunta la porte de secours qui aboutissait au quatrième étage et dont il conservait jalousement la clé dans sa poche. Il s'immobilisa sur le palier, l'oreille tendue mais seul le silence lui répondit. Un étrange assaut de crainte l'assaillit qui s'évanouit presque aussitôt. Il refusa de s'inquiéter. Ce soir, il ne songerait qu'à Judith. Demain, il serait toujours temps d'étudier la possibilité grandissante que la mort de Lacey Hollister n'ait pas été accidentelle.

Judith n'était nulle part dans le bâtiment. L'atelier était désert et rien n'indiquait le passage de quelqu'un au cours des heures précédentes.

Les baies étaient ouvertes, réduisant à néant les effets de l'air conditionné. Ryan faillit descendre débrancher le Roberts 450. Il détestait la fraîcheur artificielle mais c'est grâce à cette machine capricieuse que Judith était entrée dans sa vie... Ou plutôt à cause de Lacey Hollister, corrigea-t-il immédiatement. Le Roberts 450 ne lui avait fourni qu'un prétexte.

Il ne mit cependant pas son projet à exécution. La dernière fois où il l'avait arrêté, Judith avait passé plusieurs heures à le remettre en marche. Elle devait être suffisamment en colère sans qu'il ne lui complique inutilement la vie.

Il descendit au rez-de-chaussée et sortit pensivement sur le perron. Elle était peut-être venue et repartie. Où qu'elle soit, il la trouverait et si elle était en colère, ils se disputeraient et leur réconciliation n'en serait que plus agréable.

Un tendre sourire flottait sur ses lèvres alors qu'il se dirigeait vers le vieux hangar qui lui servait de garage. Pas une fois il ne se retourna vers la silhouette sombre du moulin.

Il faisait froid, terriblement froid. Judith frissonna en se recroquevillant davantage. L'humidité de la rivière montait vers elle et la glaçait jusqu'aux os. Il devait être plus de neuf heures et le ciel était noir.

Elle avait entendu une voiture s'éloigner et hésité à sortir de sa cachette. Après mûres réflexions, elle y avait renoncé. D'instinct, elle avait deviné que Harry l'attendait quelque part dans le bâtiment. Il avait longtemps traîné sur le balcon. Il avait continué à l'appeler et s'était penché plusieurs fois au-dessus de la rambarde.

Qu'espérait-il? Découvrir son corps flottant dans les eaux de l'Hudson? Ce qu'il avait vu ne l'avait apparemment pas satisfait car il avait recommencé à marcher lourdement en l'appelant tout bas.

Finalement, le bruit de ses pas s'était estompé et un lourd silence avait suivi. Plus tard — elle n'aurait su dire quand — quelqu'un avait refermé les baies vitrées. Mais rien ne prouvait que Harry ne soit pas assis dans l'ombre à quelques mètres d'elle...

Tôt ou tard il lui faudrait bouger. Ses jambes commençaient à s'ankyloser et si elle ne faisait rien pour améliorer sa circulation, elle risquait de tomber dans la turbine et de réaliser involontairement les vœux de Harry le Hideux.

Elle ne pouvait pas, elle refusait obstinément de voir en lui Ryan. Ce n'est pas Ryan qui avait essayé de la tuer, qui l'avait soulevée avec une force surhumaine et jetée par-dessus le balcon. C'était le malade qui sommeillait en lui qui se réincarnait sous les traits de Harry. Ryan était le bon, Harry le méchant.

Elle avait dû s'endormir. Elle n'aurait jamais cru que cela fut possible mais les heures s'écoulaient avec une telle lenteur qu'elle avait failli devenir folle. Les premières lueurs de l'aube apparaissaient à l'horizon.

Elle s'accrochait désespérément à la poutre

comme si plus rien n'existait autour d'elle. Une heure... encore une heure, se répétait-elle inlassablement.

Judith n'entendit pas les voitures arriver et elle sursauta violemment lorsque la baie vitrée coulissa sur son rail et que le plancher frémit au-dessus de sa tête.

Le nouvel arrivant n'essayait pas de se cacher. Il marchait d'un pas nerveux, déterminé.

— Judith ?

C'était la voix de Ryan. Elle devinait qu'il se penchait sur la rambarde et fouillait des yeux les eaux tumultueuses de l'Hudson.

— Judith ? répéta-t-il en haussant le ton.

Elle avait perçu la peur dans son appel. Ce n'était certainement pas la voix d'un meurtrier.

Elle voulut répondre mais aucun son ne sortit de sa gorge. De grosses larmes ruisselaient sur ses joues.

Elle n'aurait su dire s'il s'était écoulé une demi-minute ou une demi-heure lorsqu'elle entendit de nouveau des voix. Il y avait au moins deux personnes. Ce n'était pas un tueur en quête de sa victime.

— Croyez-vous au moins qu'elle ait pu avoir un accident, Sergent ?

Un piétinement résonna au-dessus d'elle.

— Je ne vois aucune tache de sang. Et toi ? D'ailleurs, rien ne prouve qu'elle soit venue ici la nuit dernière. Tout cela est bizarre... Rappelle-toi la jeune femme de la carrière ? Nous ne pouvons négliger aucune...

Judith essaya d'appeler au secours mais seule une plainte sortit de ses lèvres tremblantes.

— Tu as entendu? demanda la première voix. Qu'est-ce que c'était?

— Je suis là, répéta-t-elle faiblement. Dessous...

Elle sortit péniblement de sa cachette et aussitôt deux paires de bras la hissèrent jusqu'au balcon.

— Ça va, Miss?

Elle hocha la tête alors que son corps était parcouru de frissons.

— Quelqu'un a essayé de me tuer, articula-t-elle avec difficulté.

— L'avez-vous vu, Miss? la pressa le sergent.

— Oui... c'était Harry le Hideux. Je veux dire... quelqu'un qui s'était déguisé avec la tenue de la marionnette. Il m'a poursuivi dans la Fabrique. Je me suis cachée dans une des cabines, mais il m'a traînée par terre et jetée par-dessus le balcon.

— Nous n'avons relevé aucun signe de lutte, Miss, s'étonna le plus jeune.

— Il a sans doute tout remis en ordre! se défendit-elle violemment en constatant qu'ils ne la croyaient pas. J'ai renversé une cabine. J'en suis sûre. Elles sont légères. Si vous les regardez de près, vous verrez sûrement des éraflures.

— Nous n'y manquerons pas, Miss. Mais... que faisiez-vous sous le balcon?

— Je vous l'ai dit... Harry m'a fait basculer dans le vide et...

— ...et vous vous êtes miraculeusement rattrapée au balcon inférieur! Vous avez eu de la chance, Miss...

Ryan surgit à cet instant. Il s'arrêta net et elle lut immédiatement sur son visage la surprise puis la joie. La joie non dissimulée de quelqu'un qui retrouve un être cher.

Il lui tendit spontanément les bras. Elle se recula, et toute joie déserta ses yeux. En une fraction de seconde, il avait compris. Elle n'avait pas répondu à son appel quelques minutes plus tôt car elle avait eu peur de lui. Aussitôt son visage se ferma et il redevint le Ryan Smith froid et distant de leur première rencontre. Mais ce fut surtout la douleur de son regard qui la bouleversa au-delà de ses craintes et de ses doutes.

Quand elle s'avança vers lui, il était trop tard.

— Voulez-vous qu'ils me lisent mes droits, Princesse ?

Chapitre 18

— Vous donnez lecture de vos droits, Ryan? Vous plaisantez! C'est bien la jeune femme que vous cherchiez...

— Tout à fait... Que s'est-il passé?

Le sergent s'agita mal à l'aise.

— Elle prétend avoir été défénestrée par une marionnette!

— Quelle marionnette? demanda Ryan d'un ton brusque.

— Harry le Hideux! répondit-elle en le défiant du regard. Il m'a pourchassée en m'appelant par mon nom et a essayé de me jeter dans la rivière.

— C'est incroyable, non? Mais qui est donc cet Harry l'Affreux?

— Harry le Hideux, corrigea Ryan machinalement. La plupart d'entre nous peuvent contrefaire sa voix. C'est l'une des plus faciles à reproduire.

Le sergent se gratta le crâne avec perplexité.

— Miss Daniels travaille-t-elle pour vous depuis longtemps? Peut-on se fier à son témoignage?

Judith serra les poings, indignée. La police locale était si désireuse de plaire à Ryan Smith qu'elle était prête à fermer les yeux sur un meurtre si telle était la volonté de leur interlocuteur.

— Elle n'est là que depuis trois semaines... C'est une journaliste en quête de sensationnel.

— Tiens, tiens... commenta le policier sans dissimuler sa désapprobation.

— Quelqu'un a voulu me tuer! se défendit violemment Judith en se campant devant lui. Prendez-vous ma déposition ici ou dois-je vous accompagner au commissariat?

— Comme il vous plaira, Miss Daniels. Joe peut l'enregistrer immédiatement... si vous insistez.

— J'insiste!

Elle se dirigeait déjà vers lui lorsque la voix de Ryan l'arrêta.

— Où est votre voiture?

— En bas de la route, répondit-elle sans oser croiser son regard.

— Je vous raccompagnerai lorsque vous en aurez terminé avec ces messieurs...

— Non!

Le mot avait spontanément fusé de sa bouche.

Ryan ne parut pas étonné par son refus. Il lui avait donné une dernière chance et elle l'avait rejetée.

Et si elle se trompait? Et si ce n'était pas Ryan qui l'avait poursuivie sous le déguisement de Harry le Hideux?

Judith frissonna malgré elle. C'était impossible! Personne ne mesurait sa taille et il était le seul à l'appeler Princesse...

La déposition de Judith fut longue et difficile. On lui posait sans cesse les mêmes questions. Finalement, Joe ferma son carnet avec un soupir résigné.

— Nous vous tiendrons au courant des progrès de l'enquête, Miss.

— J'espère que cette succession de morts violentes ne vous laissera pas indifférents, les défia-t-elle. Il y a moins d'un mois, une jeune femme mourait dans des circonstances étranges, la semaine dernière, une autre jeune femme était étranglée dans une carrière. Et hier, c'était mon tour...

— Pourquoi croyez-vous qu'il existe une relation entre le meurtrier de la carrière et votre marionnette ? la coupa le sergent, aussitôt sur le qui-vive.

— Pourquoi n'y en aurait-il pas ?

Il soupira.

— Viens, Joe. Raccompagnons cette... journaliste à son véhicule et rentrons !

Le mot avait eu du mal à franchir ses lèvres et ils la déposèrent à proximité de sa Mercedes comme s'ils avaient hâte de se débarrasser de son encombrante personne.

Sa voiture était là où elle l'avait laissée. Les portes n'étaient pas verrouillées et la clé toujours sur le contact. Elle démarra en trombe en faisant crisser le gravier et écrasa l'accélérateur d'un pied rageur.

Micki était absente et elle hésita entre le rire et les pleurs. Même si elle l'avait harcelée de questions, elle aurait eu au moins un être humain à qui parler. Pendant une courte fraction de seconde, elle songea à ses parents, au confort de son appartement à Philadelphie et elle faillit céder au découragement. Mais c'était mal la connaître.

Elle glissa machinalement la main sous son siège pour récupérer son sac et soudain son cœur se glaça d'effroi au contact d'un tissu étrangement doux. Accroché à la bandoulière de cuir, elle reconnut l'habit désormais familier de Harry le Hideux.

Ryan assista au départ de Judith depuis la fenêtre

de son appartement. Pas une seule fois, elle ne jeta un regard en arrière.

L'amertume se lisait sur son visage. Une fois de plus, le bonheur lui était interdit. Il secoua violemment la tête. Il aurait toute la vie pour se lamenter et pleurer sur son sort. Pour l'heure, il avait d'autres inquiétudes. Avait-il été trompé au cours de toutes ces années ? Sa loyauté aveugle avait-elle indirectement été à l'origine de Dieu sait combien de meurtres ?

Il refusa de tirer la moindre conclusion. Judith avait pu mentir pour sauver sa carrière mais il en doutait. Il y avait trop de questions, trop d'événements inexpliqués mais... il lui fallait une preuve.

Et surtout des réponses ! Il feuilleta longtemps l'annuaire avant de se décider puis il souleva le combiné et composa un numéro d'une main fébrile.

Harry arpentait le sous-sol. Il avait échoué. Il l'avait su d'instinct. Il n'avait pas éprouvé la satisfaction et le soulagement qu'aurait dû lui procurer la mort de Judith. Il avait attendu toute la nuit mais elle avait été plus intelligente que lui.

C'était une mauvaise femme qui devait être punie pour ses péchés. Elle ne mettrait pas longtemps à comprendre. Il veillerait d'ailleurs à ce qu'elle sache que la poursuite continuait. Elle trouverait des indices aux endroits où elle s'y attendait le moins. Sous le siège de sa voiture, dans sa chambre et la prochaine fois, elle n'en réchapperait pas vivante, se promit-il.

Judith dormit vingt-quatre heures d'affilée. Elle entendit vaguement Micki dans la pièce adjacente.

Le téléphone sonna à plusieurs reprises mais rien ne réussit à la tirer de son sommeil agité.

Il était neuf heures dix-sept le lendemain matin lorsqu'elle ouvrit enfin les yeux. Elle avait le corps courbatu par sa longue nuit sur la poutre et une douleur sourde battait ses tempes.

Alors qu'elle hésitait à se lever, la porte s'ouvrit brusquement sous la poussée de Micki.

— Vous êtes réveillée?

— Et vous, vous n'êtes pas encore partie?

— Pour manquer les détails croustillants d'une folle aventure? Jamais de la vie!

Judith soupira.

— Votre amitié me touche, Micki, ironisa-t-elle.

— Profitez-en pour épancher votre cœur! Qui croyez-vous que c'était? Ryan? Notre vieux Franz? Moi, je parie pour Ma Carter.

Judith s'était levée sur un coude. La surprise se lisait sur son visage.

— Vous êtes la première à prendre cette histoire au sérieux. Mais... comment avez-vous su?

— Nous sommes tous convoqués ce matin à dix heures. Ryan a chargé Bessie de nous en avertir. C'est elle qui m'a renseignée. Judith, que s'est-il passé exactement? Etait-ce vraiment Harry le Hideux?

— Pas maintenant, Micki, je vous en prie.

Elle s'apprêtait à quitter la pièce lorsqu'elle s'arrêta brusquement.

— Qu'est-ce que ça fait là? murmura-t-elle en se dirigeant vers le fauteuil.

Elle se tourna vers Judith en brandissant une petite marionnette qui représentait Harry le Hideux.

Judith la regarda, terrorisée.

— Je... je l'avais jetée, articula-t-elle faiblement. Je l'ai trouvée hier sous le siège de ma voiture. Mais je l'avais jetée...

Pour une fois, Micki resta muette. Elle sortit de la pièce en serrant la marionnette sous son bras. Quelques minutes plus tard, elle refaisait irruption dans la chambre de Judith, le visage livide.

— Celle-là? interrogea-t-elle en exhibant une seconde marionnette.

Judith s'était mise à trembler.

— Ce n'est pas drôle, Micki.

— D'autant moins drôle que cela signifie que quelqu'un a pénétré ici à notre insu. A moins que vous ne mentiez délibérément pour ne pas perdre la face devant votre rédacteur en chef!

— Ah, vous savez...

— Tout le monde sait maintenant que vous étiez l'amie de Lacey Hollister et que vous vous êtes infiltrée dans la Fabrique pour enquêter sur sa mort!

— Je ne suis pas la journaliste à sensation que vous croyez, se défendit-elle violemment. J'écris des articles sur le Bricolage, intitulés Judith et ses trucs...

— Le pire, c'est qu'ils me passionnent mais il ne m'était pas venu à l'idée d'établir la relation. Avez-vous découvert un indice?

— Pas vraiment. La police et Ryan pensent que j'ai tout inventé. Et vous, quel est votre avis?

Micki observa une courte pause.

— Je vais peut-être vous surprendre, dit-elle enfin, mais je vous crois!

Tout en parlant, elle jouait distraitement avec les

marionnettes, les sourcils froncés sous l'effet de la concentration.

— Voyez-vous, je n'ai jamais beaucoup aimé Harry le Hideux. Je regrette parfois que Franz l'ait inventé.

— Ce n'est pas Ryan?

Micki nia vivement de la tête.

— Non. C'est Franz qui en est le créateur bien que ce personnage ne l'intéresse plus depuis longtemps. Il sait que de toute façon, nous pouvons tous le remplacer.

— Il y a peu de chance que ce soit Franz, affirma Judith en sortant de son lit.

— Si ce n'est pas lui, qui soupçonnez-vous?

Judith prit son temps pour enfiler son chandail et lorsque son visage réapparut par l'encolure, il était dénué de toute expression.

— Je ne sais pas.

Mais elle n'aurait pas dû sous-estimer Micki.

— Ryan! Vous soupçonnez Ryan! l'accusa-t-elle durement. Vous couchez avec lui, vous prétendez l'aimer et vous le soupçonnez de meurtre?

— Harry le Hideux mesurait près d'un mètre quatre-vingt dix et Ryan est le seul à approcher cette taille, soupira Judith.

— Se doute-t-il de vos soupçons?

Elle acquiesça silencieusement.

— Alors tout est fini entre vous et c'est peut-être mieux ainsi. Accompagnez-moi à la Fabrique. Nous éclaircirons ces mystères. Ensuite...

— Je ne cherche qu'à connaître la vérité, Micki.

— Nous la connaîtrons, lui promit-elle. Dépêchez-vous sinon nous allons être en retard!

Judith n'eut pas à subir la pénible confrontation à laquelle elle s'était préparée. Dès son arrivée, tous les regards se braquèrent sur elle. Tous sauf un!

Ryan était parti. En son absence, Steve avait rassemblé tout le personnel dans la salle commune et leur avait transmis les recommandations de Ryan. Tant que l'« incident » — comme il se plaisait à dire — n'était pas éclairci, ils devaient rester par trois.

A cette annonce, Judith éprouva un sentiment de soulagement et de tristesse mêlés. Ryan avait donc cru à son histoire. Elle frissonna malgré elle. Et si Micki avait raison? Si elle s'était trompée sur son compte?

Elle regagna son bureau à contre-cœur et hésita sur le seuil.

— Je... Puis-je faire quelque chose?

Ma se mordit nerveusement la lèvre inférieure avant de répondre.

— Vous pouvez toujours aller au diable et vous estimer heureuse d'avoir eu autant de chance!

Elle repoussa vivement sa chaise et sortit de la pièce sans un regard pour elle.

— Ne l'écoutez pas, lui conseilla Bessie au comble de l'excitation. Elle s'inquiète pour Ryan. Il ne lui a pas dit où il se rendait et c'est la première fois qu'il agit ainsi.

— Personne ne sait où il est? s'étonna Judith.

— Je n'ai pas dit cela. Si vous voulez savoir, il est dans le Nevada, ajouta-t-elle avec un sourire conspirateur.

Le paradis des joueurs! songea aussitôt Judith et elle ne connaissait qu'un seul joueur à la Fabrique. Steve Lindstrom!

Chapitre 19

Ce ne fut que deux jours plus tard que Judith et Micki se souvinrent du sous-sol. D'un commun accord, elles n'avaient pas appliqué les recommandations de Ryan. Vivant sous le même toit, elles étaient de toute façon condamnées à passer une partie de leur temps ensemble et avaient décidé de se faire mutuellement confiance.

Ryan n'était toujours pas revenu mais la police surveillait la Fabrique sans se cacher et certainement sur son ordre.

— A quoi utilisez-vous les costumes grandeur nature ? s'enquit Judith en terminant son yaourt.

Elle était restée avec Micki dans la salle commune après que tout le monde ait regagné son poste. Franz, Jimmy et Melvin discutaient à voix basse, hors de portée de voix.

— Holiday on Ice nous en a demandé plusieurs pour leur saison 84. L'année dernière, le théâtre de New York s'en est servi pour un ballet. Certains ont été prêtés pour des émissions télévisées...

— Et où les gardez-vous ?

— Dans le sous-sol, répondit Micki en soufflant la fumée dans sa direction. Vous voulez aller y jeter un coup d'œil ?

— Pourquoi pas?

Micki hésita.

— Vous n'aurez pas peur? Il y a des jours où j'ai bien failli vous étrangler, vous savez?

Judith eut un sourire confiant.

— Vous auriez eu du mal à me soulever et à me porter à bout de bras!

— Ne vous a-t-on jamais dit que la folie décuplait les forces?

Le sourire de Judith avait disparu.

— Vous croyez que c'est un fou, vous aussi?

— Je le crains et en attendant...

— Mesdames!

Franz avait surgi près d'elles. Une profonde ride barrait son front.

— Vous contrevenez aux ordres. Toujours trois par trois, leur rappela-t-il.

— Ne vous inquiétez pas, Franz. Nous nous surveillons mutuellement, répondit Judith.

Il hocha la tête d'un air sceptique.

— Cela ne suffit pas. Soyez prudentes, je vous en conjure, répéta-t-il en rejoignant Melvin et Jimmy.

— Cette situation doit lui être insupportable, soupira Micki après son départ. Elle lui rappelle certainement son enfance.

— Son enfance?

— Franz est natif d'un village d'Alsace-Lorraine qui fut le théâtre d'une atrocité nazie.

Elle grimaça à ce souvenir.

— Les hommes étaient à la guerre, poursuivit-elle et les femmes avaient organisé la résistance mais elles sont allées trop loin. Lorsqu'un officier allemand a abusé d'une jeune fille, elles l'ont tué. Pour se venger, les Nazis ont passé toutes les femmes

« décentes » par les armes. Ils n'ont épargné que les enfants, les vieillards et les prostituées...

— Et Franz était un de ces enfants?

— Tout juste! Il avait treize ans à l'époque et il a aidé à creuser les tombes de sa mère et de ses trois sœurs.

Elle hocha la tête en signe d'impuissance.

— Je comprends qu'il ait eu envie de se réfugier dans le monde des marionnettes! Vous qui avez eu une éducation privilégiée, vous...

— C'est assez, Micki! Mon enfance ne regarde ni vous ni personne. Maintenant vous venez au sous-sol ou vous restez là à vous intoxiquer?

— Je viens, répondit-elle en se levant. Demandons-nous à quelqu'un de nous accompagner?

Judith refusa d'un signe de la main.

— Surtout pas. La créature qui m'a jetée par le balcon serait bien capable de nous régler notre sort à toutes les deux!

— A vous entendre, c'était Ryan et autant que je sache, il n'est toujours pas rentré.

— Au point où j'en suis, avoua Judith, je soupçonne tout le monde... même Franz.

— Voilà qui est mieux bien que Ryan n'apprécierait peut-être pas que vous accusiez son meilleur ami...

— Ryan ne sera content que lorsque je partirai d'ici et c'est ce que je me propose de faire dès que j'aurai découvert qui a tué Lacey.

— Et pourquoi croyez-vous que je vous aide si ce n'est pour la même raison?

Judith renonca à répondre.

Le sous-sol n'avait pas changé depuis sa dernière visite. Elles trièrent silencieusement le bric-à-brac qui encombrait la pièce en jetant régulièrement des coups d'œil inquiets par-dessus leur épaule.

Elles cherchaient depuis plus d'une heure lorsque Judith retint un cri en apercevant une énorme paire d'yeux en forme de ping-pong. Une fois l'émotion passée, elle se fraya un chemin parmi les cartons éventrés et appela Micki alors qu'elle extirpait des mètres et des mètres de fourrure violette.

C'était l'exacte réplique de Fafnir avec sa langue pendante et sa queue hérissée. Toutes les autres marionnettes étaient là, à l'exception de Harry le Hideux.

— Ce sont les costumes du show télévisé, expliqua Micki. Je me souviens très bien. Les danseurs avaient du mal à voir !

Judith regardait, interdite l'habit de Fafnir beaucoup trop grand par rapport à Micki.

— Où vont les yeux ? demanda-t-elle, mûe par une subite inspiration.

Micki avait compris.

— Dans le cou et la tête de la marionnette sert de chapeau en quelque sorte ! Ce qui signifie... qu'une personne de taille moyenne mesure près de deux mètres ! C'est la taille de Harry qui a fait porter vos soupçons sur Ryan...

— Pas plus d'un mètre quatre-vingt dix.

— Cette fois, nous touchons au but, Daniels ! s'écria Micki avec un sourire victorieux. Vous comprenez maintenant qu'il peut s'agir de n'importe qui sauf de Ryan ! Une fois déguisé, il aurait mesuré près de deux mètres vingt !

— Il m'a appelée Princesse.

— Tout le monde sait que Ryan vous appelle ainsi. Judith, il est innocent !

— Il faut prévenir la police.

Micki grimaça en consultant sa montre.

— Les rondes sont terminées. Je suggère que vous les rappeliez depuis le quatrième étage, loin des oreilles indiscrètes.

— Vous oubliez Ma et Bessie.

— Il faut courir le risque. De toute façon, je vous accompagne.

Harry les regarda s'éloigner, la rage au cœur. Des pécheresses. Il ne pouvait plus attendre. D'abord Judith puis ce serait au tour de Micki. Il avait pensé l'épargner mais il n'avait plus le choix. C'était une mauvaise femme comme toutes les autres et elle méritait d'être punie. Détruite.

Il pria tout bas pour que Dieu lui donne la force de mener sa mission à bien. Ensuite, il se reposerait... jusqu'au prochain appel. Son bras vengeur réhabiliterait le passé.

Elles traversaient l'atelier lorsque Jimmy et Melvin interpellèrent Micki.

— Tenez-nous compagnie, voulez-vous ? Franz est parti téléphoner et vous savez que nous devons rester par trois.

Micki hésita mais Jimmy la retint fermement par le poignet.

— Ce sont les ordres de Ryan, ajouta-t-il d'un ton agressif.

Judith acquiesça d'un hochement de tête.

— C'est bon, Micki. Je formerai mon trio avec Ma et Bessie.

Comme Micki ne répondait pas, elle insista :

— Ne me dites pas que vous vous inquiétez pour moi !

Cet argument suffit à convaincre Micki.

— C'est entendu mais revenez aussitôt, lui murmura-t-elle à l'oreille.

L'escalier qui menait au quatrième étage était désert mais bien éclairé. Aucune cachette pour une marionnette meurtrière, songea Judith avec un soupir de soulagement.

— Vous tombez bien. J'ai un message pour vous de la part de Ryan, annonça Ma à son entrée.

Son cœur s'était mis à battre violemment.

— Il est rentré et il vous attend chez lui, poursuivit-elle d'un ton rogue.

— Vous a-t-il dit pourquoi?

— Non et je ne le lui ai pas demandé. Il voulait vous voir le plus vite possible.

Si Ryan lui avait donné rendez-vous dans sa grande maison, c'était pour lui accorder une dernière chance. Elle hésita à appeler la police. Les costumes leur donneraient peut-être l'indice qui les mettrait sur la piste du meurtrier. D'un autre côté, Ryan l'attendait. Elle décida brusquement de se rendre à son rendez-vous, ne serait-ce que pour lui prouver qu'elle lui faisait confiance.

Elle jeta un coup d'œil distrait par la fenêtre. De gros nuages chargés d'éléctricité obscurcissaient le ciel. L'orage tant attendu ne tarderait pas à éclater.

— Si vous voyez Micki, prévenez-la.

Les deux femmes la regardèrent partir en silence.

— Vous auriez peut-être dû lui dire qui vous avait laissé le message ? intervint soudain Bessie. On ne sait jamais.

Ma fixa la jeune femme. A l'hostilité habituelle de son regard se mêlait une certaine culpabilité.

— Si je ne peux pas faire confiance à Franz, à qui puis-je faire confiance?

— A personne! insista Bessie en soutenant son regard. A votre place, je préviendrais Steve.

Avec un soupir résigné, Ma tendit la main vers le téléphone.

Judith avait la désagréable impression d'être épiée. A trois reprises, elle se retourna en direction de la Fabrique mais aucun visage hostile ne lui apparut derrière les nombreuses fenêtres.

C'est l'orage qui me rend nerveuse, essaya-t-elle de se convaincre alors que les premiers grondements de tonnerre résonnaient au loin.

La porte de sa Mercedes était ouverte comme d'habitude et elle réprima un cri en découvrant sur le siège la silhouette désormais familière de Harry le Hideux. Ses longs bras verts étaient serrés autour de la gorge de Madame Rinaldi. La cantatrice avait troqué ses vêtements de satin contre un pantalon de toile et une chemise rose. Malgré son maquillage outrancier, la ressemblance avec Judith était frappante.

Pendant les deux jours où Ryan s'était absenté, il n'y avait pas eu de marionnettes. Elles réapparaissaient le jour même de son retour et cette coïncidence mit Judith mal à l'aise. D'un geste rageur, elle jeta les poupées par terre et démarra.

Ce n'est pas possible, se répétait-elle. Au fond de mon cœur, j'ai toujours su qu'il était innocent.

Etait-ce Steve? Le jeune homme était musclé et avait toujours eu légèrement honte de sa taille à peine moyenne.

Ryan s'était rendu à Las Vegas. Judith n'imaginait pas quelle relation il pouvait exister entre des paris vertigineux et le meurtre de jeunes femmes mais Ryan avait sûrement découvert quelque chose.

Elle s'immisça dans la circulation alors que les pensées continuaient à se bousculer dans sa tête. Lorsqu'elle arriva finalement à destination, le Toyota de Ryan n'était nulle part en vue. La maison semblait sombre et déserte. Les premières gouttes s'étaient mises à tomber. Elle courut jusqu'à la porte entrouverte et pénétra dans le hall en trombe. La porte se referma aussitôt sur elle et son cœur bascula brutalement dans sa poitrine.

La silhouette qui s'avançait vers elle était trop petite et trop large pour être celle de Ryan...

Chapitre 20

— Vous n'auriez pas dû venir ici, Judith, surtout toute seule, la gronda-t-il gentiment.

En reconnaissant Franz Himml, elle poussa un soupir de soulagement.

— Vous m'avez fait peur... Pendant une fraction de seconde, j'ai cru...

Les mots ne parvinrent pas à franchir ses lèvres.

— Que j'étais le fou qui vous a poursuivie l'autre jour!

Il dodelina de la tête.

— Non, Judith, non. Vous savez que je serais incapable de vous faire du mal.

— Où est Ryan?

— Je l'ignore. Il m'a demandé de le rejoindre ici. Vous aussi?

Elle acquiesça en tendant la main vers l'interrupteur mais la lumière ne jaillit pas comme elle l'avait espéré.

— L'orage a coupé l'électricité, expliqua-t-il. Il fait de plus en plus sombre.

— Ryan doit bien avoir des bougies. Allons en chercher et peut-être découvrirons nous Ryan par la même occasion.

Elle hésita sur le seuil, ne sachant comment formuler sa question.

— Je... Steve était-il encore à la Fabrique lorsque vous en êtes parti?

Une lueur de surprise et de douleur passa dans le regard du vieil homme.

— Bien sûr! Vous... vous ne croyez tout de même pas qu'il soit mêlé à cette sombre histoire?

— Non, mentit-elle précipitamment en disparaissant vers la cuisine.

Avec sa grande baie vitrée donnant sur la piscine, la pièce semblait plus claire que le hall. Pendant plusieurs longues secondes, Judith resta appuyée contre l'évier et contempla la pluie maintenant violente qui frappait le carreau. Les arbres gémissaient et ployaient sous le vent et elle frissonna involontairement.

Elle jeta un regard circulaire, s'arrêtant un instant sur la porte du cellier. Où pouvait-on mettre des bougies dans une cuisine aussi bien rangée?

Elle était penchée sur un tiroir lorsque la porte de derrière s'ouvrit silencieusement. Elle ne l'entendit pas mais sentit le courant d'air. Elle se retourna vivement pour se heurter à Steve Lindstrom.

— Dieu merci, vous êtes là! dit-il simplement. Sur le coup, je n'ai pas cru Ma lorsqu'elle m'a averti que vous étiez partie seule chez Ryan. Vous connaissez pourtant les instructions?

Judith n'esquissa pas le moindre geste. Son regard revint involontairement vers le cellier puis elle leva la tête vers son interlocuteur et le gratifia d'un sourire innocent.

— Détrompez-vous! Je ne suis pas seule. Ryan est là.

— Ryan ? J'ignorais qu'il était revenu, déclara-t-il en ôtant son imperméable.

Son maillot de footballeur déformait étrangement ses épaules et mettait parfaitement en valeur son torse musclé. S'ils en venaient aux mains, elle n'avait aucune chance de lui échapper.

— Mais... que faites-vous dans la cuisine ?

— Je cherche des bougies. Au cas où vous ne l'auriez pas remarqué, il n'y a plus d'électricité !

— Le secteur est coupé dans tout le quartier, lui apprit-il en s'approchant d'elle.

Judith s'efforça de ne pas trembler à la vue de ses mains larges et puissantes.

— Voulez-vous regarder s'il n'y aurait pas des bougies dans le cellier ?

Il n'hésita pas une seconde.

— Volontiers.

Judith attendit le cœur battant qu'il ait pénétré dans l'étroite pièce pour refermer violemment la porte sur lui et tourner la clé dans la serrure. Elle referma son poing dessus sans se préoccuper des hurlements de Steve.

Si Franz l'entendait, il s'inquièterait. Elle se rua vers le salon et dans sa précipitation, trébucha sur le tapis. La clé lui échappa des mains mais elle ne perdit pas de temps à la chercher. Elle devait trouver Franz pour tout lui expliquer mais à sa grande surprise, elle ne le découvrit nulle part au rez-de-chaussée.

Elle se dirigea vers l'escalier, le souffle court. Le palier était plongé dans la pénombre et elle avançait en tâtonnant. Je suis hors de danger, se répétait-elle. Dans quelques minutes, la police sera là...

Franz l'attendait dans la chambre de Ryan. Il leva la tête à son entrée.

— Vous voilà enfin!

Il avait parlé avec la voix de Harry le Hideux.

— Pour l'amour du ciel, Ryan, dépêchez-vous! hurla Micki.

— Je ne peux pas aller plus vite.

— Pourquoi faut-il que l'orage éclate juste maintenant? grommela-t-elle. La route est presque inondée.

— Elle *est* inondée! Si jamais il est arrivé quelque chose à Judith, je ne vous pardonnerai pas, Micki, poursuivit-il les dents serrées. Vous saviez que c'était elle qui courait le plus grand danger. Comment a-t-elle pu échapper à votre surveillance?

— Et vous, pourquoi êtes-vous parti sans avertir personne de vos soupçons? se défendit-elle violemment.

— Il me fallait une preuve! Je ne pouvais pas accuser mon meilleur ami sans elle!

— Et vous l'avez trouvée à Las Vegas?

— A Las Vegas, à Londres et Dieu sait où encore... D'après ce que j'ai pu reconstituer, cela arrivait une fois par an. Le jour anniversaire de la mort de sa mère, une jeune fille mourrait. Il choisissait de préférence des prostituées, des femmes au passé louche dont la disparition passait inaperçue. Mais il peut avoir tué deux ou trois fois plus de femmes que l'on ne le soupçonne. Récemment, son état a paru empirer. Il y a eu cette étudiante à Los Angeles, puis une secrétaire à Miller's Junction, et Lacey.

— Attention! cria Micki alors que la voiture dérapait.

Ryan perdit plusieurs précieuses secondes à reprendre le contrôle de son véhicule.

— Ralentissez, lui conseilla-t-elle. Ma a dû prévenir la police et à l'heure qu'il est, elle est peut-être sur place.

— Et si elle n'y était pas?

— Vous avez raison. Foncez!

Pendant une fraction de seconde, Judith dévisagea Franz, horrifiée.

— Je ne vous ferai aucun mal, lui promit-il mais vous devez être punie. Vous le savez. Vous ne pourrez échapper au péché que dans la mort. Elle sera pour vous un soulagement et vous me remercierez de vous avoir aidé à franchir ce pas. Ne partez pas, Judith, poursuivit-il de sa voix câjoleuse.

Judith resta paralysée alors qu'il s'avançait vers elle en traînant des pieds.

— Steve... articula-t-elle faiblement.

— Il est dans le placard où vous l'avez enfermé. Il ne saura jamais ce qui s'est passé. Vous ne crierez pas, Judith. Vous verrez. Tout ira bien.

— Vous mentez! Vous allez le tuer lui aussi!

— Mais non, répondit Franz d'un air choqué. Nous ne tuons que les femmes.

Elle frissonna violemment devant ce vieil homme qu'elle avait tant estimé. Elle se raidit. Si seulement elle pouvait le convaincre.

— Franz...

— Il n'est pas là.

— Où est-il?

— Parti... Il ne supporte pas l'injustice lui non plus. Il feint d'ignorer ce qui se passe mais je crois qu'il commence à s'en douter. Il prend des somnifères et des calmants pour me retenir mais je les jette en cachette. Je vais bientôt tout lui dire. Ce n'est pas normal que je sois seul. Dès que j'en aurai fini avec Micki, je l'obligerai d'une façon ou d'une autre à m'aider.

— Micki? Pourquoi Micki? demanda-t-elle pour l'inciter à parler.

— Je vous l'ai déjà dit, répéta-t-il patiemment. Je ne veux de mal à personne mais Micki doit être punie. C'est une mauvaise femme... comme vous.

— Mais Franz...

— Combien de fois devrai-je vous dire que Franz n'est pas là! Je suis Harry.

Il tendit les mains vers elle et à cette seconde, Judith parut enfin prendre conscience du danger. D'un bond, elle se précipita vers l'escalier.

Il la rattrapa sur le palier. Ses bras l'étouffaient. Elle se débattit si violemment qu'elle échappa à son étreinte et bascula dans l'escalier. D'instinct, elle rentra le menton et relâcha ses muscles comme elle avait appris au judo.

Aussi grande que soit la maison, elle n'offrait aucune cachette sûre. Elle traversa la cuisine en trombe. Steve criait toujours dans le cellier. Si elle parvenait à sortir... Elle posait la main sur la poignée de la porte de derrière lorsque Franz la rattrapa. Cette fois, elle n'eut pas le bonheur de lui échapper. Il la saisit par le cou et la traîna à moitié dehors à demi inconsciente. La pluie ruisselait sur son visage. Ses poumons commençaient déjà à manquer d'air.

— Harry! Oh, Harry.

En reconnaissant la voix de Mme Rinaldi, Judith pensa qu'elle était en train de mourir. Franz s'était arrêté net sur le seuil. Il releva la tête et relâcha légèrement la pression qu'il exerçait sur sa gorge.

— Harry, pour l'amour du ciel !

Billy avait parlé d'un ton irrité.

— Lâche-la, veux-tu ! Tu ne sais donc pas qu'elle est à moi ? Ne lui fais pas de mal sinon...

— Tu avais promis de m'être fidèle, ajouta Mme Rinaldi. Harry, mon garçon, cette position est ridicule. Si tu n'en changes pas immédiatement, je risque de me fâcher.

Lentement, les mains d'Harry relâchèrent leur étreinte alors que la confusion se lisait sur son visage.

— C'est une mauvaise femme, répondit-il avec la voix d'Harry.

— Nous le savons, mon cher, l'encouragea la cantatrice et c'est une raison de plus pour la livrer à la police.

— La police ?

— Allons, Harry, sois chic ! insista Billy. Tu ne veux pas avoir son sang sur tes mains. Si elle a été mauvaise, la police la punira.

Le regard vague de Franz glissa vers la cuisine et à la lueur d'un éclair, Judith aperçut les visages tendus de Ryan et de Micki. De grosses larmes roulaient sur les joues de la jeune fille.

Franz hocha la tête sans comprendre.

— Elle doit mourir, répéta-t-il en sortant un couteau de sa manche.

Judith était restée immobile, hypnotisée par la lame d'acier.

— Harry !

Fafnir était entré en scène.

— Ne touche pas à la Princesse. Je l'aime toujours, tu sais ?

— Pardon, mon ami mais je dois te protéger.

Le couteau effleura le cou de Judith.

— Franz, non!

Le ton de Ryan était impérieux.

Un éclair zébra le ciel et le tonnerre ébranla la maison. La lumière revint presque aussitôt illuminant soudain la cuisine. Franz était tourné vers Ryan et Micki. Le couteau glissa lentement par terre et il enfouit son visage entre ses mains.

— Mein Gott! dit-il de sa voix normale. Qu'ai-je fait?

Ce furent ses dernières paroles cohérentes. Ryan l'écarta doucement de Judith et l'emmena avec des gestes tendres alors que Micki se précipitait vers elle.

Elle lui essuya fébrilement le visage tout en l'insultant pour exorciser sa peur.

— Pas plus d'intelligence qu'un radis! grommelait-elle. Que vous a-t-il donc pris pour partir ainsi? Heureusement que Ma a eu la présence d'esprit de nous avertir. A propos, où est Steve?

— Par là, bon sang.

En entendant sa voix étouffée, Judith fut soudain prise de fou-rire. Ses nerfs venaient de céder.

— J'ai cru que c'était lui le meurtrier, expliqua-t-elle une fois qu'elle eût retrouvé son calme. Je l'ai enfermé dans le cellier et j'ai perdu la clé .

— C'est bien ce que je disais... une intelligence de radis!

Désolée, Steve, cria-t-elle à l'intention du marionnettiste, nous ne pouvons pas te libérer tout de suite.

Une série d'imprécations leur parvint depuis la porte close.

— Tout le monde va bien au moins?

Micki regarda Judith et haussa les épaules.

— Oui. Bois une bouteille à notre santé. Tu l'as bien méritée.

— J'ai déjà vidé un Cabernet de Californie. Prenez votre temps...

— Que va-t-il se passer maintenant? demanda Judith.

— La police est là avec une ambulance. Franz ne nuira plus jamais à personne. Vous voulez le voir?

— Non.

— Et Ryan? Vous lui devez bien quelque chose.

— Quoi? Des excuses? Des remerciements?

Elle hésita.

— Non. Le mieux est que je disparaisse de sa vie.

— Je me trompais. Vous êtes encore moins intelligente qu'un radis! l'accusa-t-elle rudement. Pour l'amour du ciel, Judith, il a besoin de vous. Ravalez votre fierté et courez vers lui.

— Et vous?

— Qu'y puis-je? Vous êtes manifestement faits l'un pour l'autre.

— Où est-il?

— Dans la bibliothèque avec Franz.

Mais Ryan n'était pas dans la bibliothèque. Elle se fraya un chemin parmi les policiers et les infirmiers et s'arrêta devant un vieil homme à l'air confus et désemparé.

Il dévisagea Judith en silence et commença à parler alors qu'une larme roulait le long de sa joue.

Judith s'était mise à trembler violemment. La voix sortait de la gorge talentueuse de Franz mais c'était celle d'un jeune garçon et il s'exprimait en allemand.

— Que dit-il? demanda un policier.

— Il réclame sa mère, traduisit-elle.

Chapitre 21

— En conclusion, qui m'a assommée? demanda Judith trois jours plus tard.

Elle avait bouclé sa valise, chargé la Mercedes et prévenu le concierge de son immeuble de son retour imminent.

— Steve! Il croyait que vous le poursuiviez à cause de ses reconnaissances de dettes.

— Et qu'en aurais-je fait?

Micki eut une moue dubitative.

— Je crains que Steve n'ait guère plus de cervelle que vous! Il fréquentait des personnes peu recommandables. Lorsque Lacey a compris que Ryan n'avait rien d'un prince charmant, elle s'est consolée avec Steve et ensemble ils ont décidé de détourner d'importantes sommes d'argent de la Fabrique pour rembourser ses dettes de jeu. Lorsque Lacey est morte, il a cru que c'était un avertissement et que vous étiez là pour l'éliminer!

— Moi? Un homme... je veux dire une femme de main! Quel idiot!

— Il est peut-être idiot mais c'est un excellent marionnettiste. Le second après Ryan. Il était paniqué à l'idée de vous avoir frappée trop fort. Lorsqu'il a fait irruption ici en pleine nuit, c'était pour vous!

— Je comprends maintenant et il en a profité pour me voler mon bloc-notes.

Micki toussota discrètement.

— Le carnet, c'était moi...

— Depuis le début, vous saviez qui j'étais?

— Je l'ai deviné le premier jour. Le bloc n'a fait que confirmer mes soupçons.

— Vous auriez pu le dire plus tôt, soupira Judith. J'étais désespérée de ne pouvoir parler à personne.

— Et pourquoi vous aurais-je accordé cette faveur? Je... Allez-vous prendre congé de Ryan avant de partir? ajouta-t-elle d'un ton radouci.

— Je doute qu'il ait envie de me voir. Il n'est heureux qu'avec ses marionnettes.

— Décidément, vous ne comprendrez jamais rien! Tout le monde l'a toujours abandonné sauf les marionnettes. Vous ne valez pas mieux que les autres.

— Et s'il refuse de me recevoir?

— Et s'il accepte? riposta-t-elle vivement. Vous ne le saurez pas avant d'avoir essayé. Mais vous préférez peut-être rester dans l'ignorance. Dans ce cas, vous ne ferez jamais qu'une piètre journaliste.

— Je suis une excellente journaliste, protesta Judith.

— Justement. J'ai hâte de lire votre article sur cette lamentable histoire.

— Il n'y aura pas d'article.

— Quoi? Vous renonceriez à la chance de votre vie? Seriez-vous masochiste?

— C'est le seul cadeau que je puisse faire à Ryan.

— Non!

— Micki...

— Je préfère que vous partiez tout de suite. Je n'ai jamais supporté les gens stupides.

Judith hésita.

— Au revoir, Micki. A un de ces jours.

— Au revoir, Daniels. A demain !

Je n'irai pas, décréta Judith.

Quelques minutes plus tard, elle arrêtait sa Mercedes sur le parking désert de la Fabrique. Ryan l'avait fermée pour la semaine pour que chacun se remette de ses émotions.

La lourde porte en fer était fermée mais elle avait encore la clé. Elle pénétra dans la bâtisse alors que les souvenirs affluaient à sa mémoire.

Franz était très malade. Il ne s'exprimait plus qu'en allemand et avec cette voix de petit garçon. D'après les examens médicaux, il n'avait plus que quelques jours à vivre. C'est peut-être mieux ainsi, songea-t-elle.

Le monte-charge attendait au second étage. Une main anonyme avait arraché la prise d'alimentation du Roberts 450. Ryan, devina-t-elle. Il n'a jamais su le débrancher.

Après ce qui lui parut une interminable ascension, elle parvint enfin au dernier étage. Elle ignorait ce qu'elle allait lui dire mais Micki avait raison. Il y a des combats qui valent la peine d'être livrés.

A première vue, le studio était désert. Soudain elle l'aperçut il était allongé sur son lit. Il la dévisagea d'un air distant. Ses yeux gris-verts ne trahissaient aucune émotion.

— Que faites-vous là ? s'enquit-il d'un ton où perçait l'ennui.

— Je ne sais pas encore...

— Si vous êtes venue pour vous excuser, j'accepte vos excuses. Si vous êtes venue pour me remercier de vous avoir sauvé la vie, j'accepte aussi vos remerciements. Maintenant, disparaissez avec votre tailleur à la Ralph Lauren !

— Vous n'avez pas...

Elle se mordit les lèvres. Le moment était mal choisi pour se disputer.

Mais après tout, pourquoi pas ?

En deux enjambées, elle l'avait rejoint.

— Et vous ? Que faites-vous ? Vous ruminez votre culpabilité ?

Il ignora sa remarque.

— Si j'avais été plus observateur, j'aurais peut-être épargné plusieurs vies humaines, se reprocha-t-il amèrement.

— Très bien, acquiesça-t-elle en s'asseyant sur le lit.

Ainsi, vous avez choisi de porter le poids du monde sur vos épaules. Pourquoi n'assumez-vous pas la responsabilité des atrocités nazies tant que vous y êtes ? s'enquit-elle en enlevant ses chaussures en cuir.

—Qui vous dit que j'éprouve seulement de la culpabilité ? Je pleure peut-être la perte de mon meilleur ami ?

— Ou vous boudez.

Elle ôta sa veste en lin et la déposa gracieusement par terre.

— Je déteste l'hypocrisie et Franz était un ami dont il fallait peut-être vous séparer, poursuivit-elle en déboutonnant son chemisier.

Ryan la regardait, fasciné.

— Ai-je le droit de m'inquiéter pour la Fabrique ?

— Non. Elle survivra au scandale et vous aussi !

Le chemisier rejoignit la veste dans un bruissement de soie.

Elle ne portait qu'un caraco de dentelle et ses seins nus pointaient sous le fin tissu.

— Que faites-vous? interrogea-t-il soudain.

Il aurait pu la chasser, exiger qu'elle se rhabille sur-le-champ... Elle vit là un encouragement et descendit prestement la fermeture-éclair de sa jupe.

— Je ne vous quitte pas, Ryan, répondit-elle en se levant.

La jupe tomba mollement au sol, découvrant un minuscule slip de dentelle.

Un faible sourire éclaira son visage et elle comprit qu'elle avait gagné.

— Dans cette tenue, j'en doute!

— Dans cette tenue ou dans n'importe quelle autre, précisa-t-elle en s'allongeant près de lui et en tirant sur les boutons de sa chemise. Je vous aime et vous m'aimez. Nous n'avons pas beaucoup de points communs mais je suis prête à quelques sacrifices... A condition que nous ne vivions pas dans votre propriété et que vous achetiez un lit plus grand. Vous travaillerez avec vos marionnettes, je veillerai à ce que tout fonctionne et nous serons très, très heureux.

Elle s'arrêta, le cœur battant.

— Il suffit que vous me demandiez de rester.

— Comment osez-vous prétendre que je vous aime?

Elle croisa son regard sans ciller.

— Vous l'avez dit à Franz quand il a mis le couteau sur ma gorge.

Il effleura doucement la trace qui marquait son cou.

— C'était Fafnir. Et Billy. Ce sont des marionnettes. Je ne vous l'ai jamais dit moi!

— Il est encore temps, répondit-elle dans un souffle.

Il ferma les paupières et l'attira possessivement contre lui.

— Je vous aime, Judith. Je vous aime comme je n'ai jamais aimé personne.

L'instant d'après, il s'emparait de sa bouche.

JUDITH KENNEDY DANIELS : GÉMEAUX

VOLONTAIRE ET DÉTERMINÉE

Judith est une battante, femme énergique et volontaire, son courage et sa volonté s'expriment dans le cadre de ses activités. Intelligente, débrouillarde, elle possède un sens inné de l'observation qui l'aidera à se sortir de toutes situations périlleuses !
Entêtée et déterminée, elle mène son enquête, sans faiblesses, ni concessions, pour retrouver son amie disparue. Têtue et obstinée, elle montre un "self-control" rare en toutes occasions. Judith fait partie de ces personnes prêtes à tout pour vaincre les obstacles.

UNE FEMME AUDACIEUSE

Native du signe des Gémeaux, Judith en a la vivacité d'esprit, la mobilité et le sens de l'adaptation inné. Attachante et sensible, elle peut se montrer volontaire et courageuse lorsque son cœur l'exige.
Idéal à atteindre, but à son existence, l'amour canalise toutes ses forces et ses énergies, sans limites, ni retenues. C'est dans une vie à deux que Judith puisera toute sa raison de vivre.

SI VOUS ÊTES COMME JUDITH, NATIVE DES GÉMEAUX ET ASCENDANT...

GÉMEAUX ASCENDANT BÉLIER

Volontaire et déterminée, vous masquez sous une apparence énergique, un désir de tendresse et de sécurité. Vive, impulsive, vos amours sont enflammés et spontanés. Tout feu, tout flamme, vous virevoltez dans la vie, comme dans un tourbillon.

GÉMEAUX ASCENDANT TAUREAU

A la fois simple et fascinante, chaleureuse et réservée, sociable et discrète, vous êtes une femme aux multiples facettes. Une touche de nervosité, des inquiétudes à fleur de peau, l'amour peut devenir source d'incertitudes et de doutes.

GÉMEAUX ASCENDANT GÉMEAUX

Vous séduisez, charmez par votre vivacité d'esprit, votre élégance et votre sens de l'humour ! Mais sous cette allure mobile, souple et raffinée, vous êtes plus complexe qu'il n'y paraît. Vous aspirez de tout cœur à trouver un amour stable et sécurisant pour estomper vos tensions intérieures.

GÉMEAUX ASCENDANT CANCER

Votre sensibilité, votre affectivité teintent le moindre de vos comportements. Vous agissez plus avec le cœur, qu'avec la raison. Vous fascinez par votre rayonnement et votre spontanéité. Sans demi-mesures, sans limitations, vous êtes passionnée et généreuse.

GÉMEAUX ASCENDANT LION

Vos sentiments amoureux s'expriment avec fougue et intensité ! Vous appréciez plus que tout les "corps à corps", les "cœurs à cœurs", les amours banales ou platoniques ne sont guère pour vous. Votre idéal est de parvenir à une complicité tendre et sensuelle avec l'âme sœur.

GÉMEAUX ASCENDANT VIERGE

Vos élans et vos passions ne sont pas toujours aisés à maîtriser. L'amour enflamme votre cœur et votre esprit, mais la raison veille et la logique ou le bon sens, contrôlent vos impulsions. Il vous est bien difficile de faire des choix, de prendre des directions ou décisions fermes et déterminées !

GÉMEAUX ASCENDANT BALANCE

Femme d'enthousiasmes et d'espérances, vos amours sont à votre image passionnés et rayonnants. Vous êtes attirée vers l'inconnu, les émotions intenses à découvrir. La fidélité n'est pas votre "maître-mot", vos élans, vos "coups de cœur" priment sur la stabilité de votre vie amoureuse.

GÉMEAUX ASCENDANT SCORPION

Impulsive, franche et spontanée, vous avez besoin de vous sentir libre et indépendante de toutes contraintes. Pour calmer votre âme vagabonde, votre cœur a besoin de trouver son port d'attache que seul, un amour passionné, instinctif, lui offrira.

GÉMEAUX ASCENDANT SAGITTAIRE

Tantôt secrète, quand votre cœur est en souffrance, tantôt épanouie, quand l'amour vous met en confiance, il n'est pas toujours aisé pour vos proches de vous comprendre. Double, insaisissable, votre personnalité est en quête d'un équilibre et d'une stabilité à atteindre.

GÉMEAUX ASCENDANT CAPRICORNE

Vous adoptez selon les moments des attitudes distantes, discrètes et réservées qui ne sont là que pour dissimuler votre vraie personnalité, sensible et vulnérable. Vous savez faire face à vos responsabilités, tout en essayant de maintenir à distances les émotions les plus troublantes.

GÉMEAUX ASCENDANT VERSEAU

Généreuse, enthousiaste, vous êtes animée par un farouche appétit de vivre et d'aimer. D'une nature sensible et passionnée, vous aspirez à trouver l'amour idéal et éternel, qui donnera vie à vos rêves d'harmonie et de tendresse.

GÉMEAUX ASCENDANT POISSONS

Pudique et réservée, vous êtes vite effarouchée, vite blessée dans votre cœur. Personnalité entière et idéaliste, seul compte pour vous, un amour sincère et véritable, mais aussi tendre et romantique. Le couple, les enfants sont vos aspirations les plus chères.

Achevé d'imprimer sur les presses de l'Imprimerie Bussière
à Saint-Amand-Montrond (Cher)
en juin 1988 - ISBN : 2-280-83203-8
N° 4673. Dépôt légal : juillet 1988.
Imprimé en France

Collections Duo
48, avenue Victor Hugo 75116 Paris

Duo 203

Harmonie